어리고

멀쩡한　　중독자들

어떤 고도 적응형 알코올 중독자의
자기혐오 해방 일지

어리고

멀쩡한

중독자들

나도 행복해질 수 있을까?

이 글을 처음 쓰기 시작한 것은 아이러니하게도 술을 끊기 전, 알코올 의존증이 최악으로 치달은 시기였습니다. 그때 저는 마치 술을 끊는 데 성공한 사람인 것처럼 간절한 마음으로 이 글을 쓰기 시작했습니다. '나는 어떤 인간으로 어떤 삶을 살고 싶은가'를 끊임없이 상상하면서요. 그만큼 술을 끊고 사람답게 살고 싶다는 열망이 컸습니다.

감사하게도, 그렇게 쓴 글은 모두 현실이 됐습니다. 현실화 이후, 그러니까 제 모든 글이 실제가 됐을 때 경험을 보태 글을 다시 수정하기 시작했습니다. 그 과정에서 알코올 의존증을 포함해 외모 강박, 식이 장애, 우울증 등 저를 괴롭히던 모든 병은 증상일 뿐 '진짜 문제'는 따로 존재한다는 사실을 알게 됐습니다.

15년간 술독과 외모 집착의 늪에 빠져 살던 제가 지금은 매일 좋아하는 일을 하며 행복한 삶을 살고 있습니다. 이 책에는 '고도 적응형 여성 알코올 의존증 환자'로서의 기록과 중독의 늪에서 빠져나와 상처를 회복하고 자신을 사랑하기 위해 애썼던 모든 노력이 담겨 있습니다. 즉, 이 책은 자신을 사랑하고 싶지만 그러지 못하는 모든 분을 위해 쓰였습니다.

고도 적응형 알코올 의존증이란, 한마디로 겉으로는 멀쩡해 보이고 사회에 잘 적응한 듯 보이지만 실제 삶은 술 중독으로 얼룩진 상태입니다. 이 병을 앓는 이들은 다른 사람에게 자신의 병을 들키는 것을 몹시 수치스럽게 여깁니다. 그리고 사회 분위기상 제가 만난 고도 적응형 알코올 의존증 환자 중에는 특히 여성이 많았습니다. 병을 잘 감추기 때문에 진단과 치료는 더더욱 어렵고, 고통이 큰 만큼 낫기를 바라면서도 변화가 두려워 망설이기를 반복하는 상황이었습니다. 혹은 문제를 너무 늦게 인식한 경우도 많았습니다. 꼭 제가 겪었던 것처럼요. 이 책을 읽는 분이 비슷한 경험을 하고 있다면 저처럼, 그리고 제가 만나는 많은 사람처럼 행복해질 수 있다는 사실을 알려드리고 싶었습니다.

이 책에서는 '알코올 중독'과 '알코올 의존증'을 동일한 의미로 섞어 사용했습니다. 세계 보건 기구의 제의에 따라 '알코올 의존증'이라는 용어를 주로 사용했으나 상황의 심각성을 강조하기 위한 부분 등에서는 '알코올 중독'으로 표현했습니다. '알코올 의존증'이 '알코올 중독'의 전 단계가 아님을 염두에 두고 읽어 주면 좋겠습니다.

많은 분이 지금 이 시각에도 홀로 집에 숨어 술을 마시거나, 폭식을 하거나, 먹고 토하거나, 자신을 원망하거나, 이 모든 것을 함께하며 괴로움에 신음하고 있음을 잘 압니다. 이 책은 그런 분들을 위해 쓰였습니다. 고통에 빠진 당신을 마음 깊은 곳에서 솟아나는 사랑으로 껴안아 주고 싶습니다.

　당신의 내면에 이미 존재하는 '행복을 선택하는 능력'을 인지하고 일깨우시기를. 당신의 회복을 진심으로 바랍니다.

키슬

목차

나는 어쩌다 알코올을 사랑하게 됐을까

만족은 패배자들이나 하는 거야

버리기. 비우기. 내려놓기. 미니멀리즘.

'비움의 기술'이 지금은 사람들의 삶에 자연스럽게 스며들었지만, 나는 그와 반대로 '터질 듯이 꽉꽉 채우는 것'을 미덕으로 배우고 자란 80년대생이다.

우리 세대가 자라나는 동안 '비움'의 중요성을 알려 준 어른은 많지 않았다. 경제적으로 척박한 삶을 살았던 부모님 세대는 자연스레 '돈을 많이 버는 것'이 행복의 핵심이자 인생의 가장 중요한 목표라고 믿었다. 부자로 태어나지 못한 사람이라면 유일한 부의 통로는 '학력'이라고 여겼다.

어른들이 자녀에게 내린 처방은 이랬다. 행복하게 살기 위해서는 부를 축적해야 한다. 그러려면 좋은 직장에 취직해야 한다. 그러려면 좋은 대학에 진학해야 한다. 그러려면 학창 시절에 좋은 성적을 거두어야 한다.

높은 학업 성적은 반드시 성취해야 할 절대 가치가 됐고, 우리의 '등급'은 성적을 기준으로 수직 구조화됐다. 성적 자체가 목표가 되자 대입 시험에서 원하는 성적을 얻지 못한 학생이 옥상에서 투신을 하는 등의 비정상적인 사건이 매년 발생했다.

자신을 위한 옳은 선택이 무엇인지 판단하는 능력이 완성되기도 전부터 경쟁에 내몰린 우리는 한 명이라도 더 밟고 올라서야 성공에 가까운 삶을 산다고 굳게 믿었다.

시험. 그다음 시험. 대입. 자격증. 취업. 결혼⋯⋯. 어찌어찌 한 가지 목표를 달성한다고 해도 곧장 다음 목표가 기다리고 있었다. 결국 인생의 타임라인은 성취, 달성, 그리고 더 많이 채우려는 애잔한 발버둥으로 채워졌다. 이에 발맞춰 미디어는 시종일관 '현재에 절대 만족하지 말라'는 메시지를 던졌다. 더 많은 것을 성취하거나 가지지 않으면 '루저'가 된다는 인식을 지울 수 없도록 말이다.

현대 사회가 요구하는 고도의 성취 지향적 삶을 사는 동안 우리의 영혼은 만족을 느끼지 못하고 바스라질 정도로 건조해졌다. 사람들은 말라 버린 영혼의 공허함을 메꾸기 위해 쉽고 빠르고 하찮은 대체물을 찾아 나섰고, 산업 사회는 기다렸다는 듯이 값싼 대체물을 공급했다. 알코올, 니코틴, 가공 식품, 각종 중독 물질과 행위들.

그중에서 내가 선택한 대체물은 알코올이었다. 알코올은 내게 근본적인 불안과 채워지지 않는 갈망을 막아 주는 둑이 됐다. 생존 전쟁으로 탈진한 순간에 들이켜는 술은 감정적 허기와 미래에 대한 두려움으로 가득 찬 내 몸을 목구멍부터 부드럽게 휘감아 내려갔다. 잠시나마 평화를 느끼고 있자면 술은 달콤하고 다정하게 속삭였다.

'넌 이미 충분히 치열하게 살고 있어. 이렇게까지 아등바등할 필요가 있을까? 세상을 봐. 네 인생이 시궁창에 처박혀 있는 건 네 잘못이 아니라 세상이 미친 탓이야. 아무것도 네 탓이 아니라고. 그러니 모두 내려놓고 마시고 푹 쉬자.'

인생이 제대로 돌아가지 않는 건 의지와 '노오력'의 부족 때문이라며 모든 현상을 개인의 나약함으로 치부하는 세상에서, 술의 위로만큼 안락하고 달콤한 것은 없었다. 술은 텅 빈 나에게 점점 비빌 언덕이 됐다.

내가 술에 기대 뇌와 정신을 마비시키는 동안 다른 젊은이들도 자기만의 방식으로 세상으로부터 받은 상처를 달래고 있었다. 내 오랜 친구 하나는 자기 몸에 칼자국을 남기는 것으로 세상의 기대를 충족시키지 못하는 자신의 부족함을 벌하는 행위에 중독됐다. 한 친구는 복용법을 무시하고 항우울제와 수면제에 지나치게 의존했다. 어떤 젊은이들은 퇴근길 편의점마다 몇

만 원어치의 과자, 빵, 아이스크림을 사 밤새 마구 먹는 것으로 공허함을 달랬다. 내가 그랬듯, 몇 날 며칠을 굶다가 마구 폭식한 뒤 변기를 붙들고 먹은 것을 전부 게워 내는 것으로 나약한 자신에게 채찍질했다. 심지어 마약에 손대는 사람도 존재했다. 우리는 자기만의 방식으로 '불만족의 미학'을 실현했다.

그런 행위가 실제로 갈망을 채워 주거나 개인의 문제를 해결해 줄 수 있었다면 절망적인 결과가 우리 앞에 민낯을 드러낼 일도 없었을 것이다. 우울증을 앓는 인구는 계속해서 늘어나고, 우울증을 겪는 첫 연령이 충격적으로 낮아지며, 젊은이들의 자살 문제는 더 거론하기도 입 아픈 세상이 됐다. 게다가 문제를 숨기려는 사회적 분위기 탓에 많은 사람들이 자신이 중독에 가깝거나 중독이라는 사실조차 모른 채 살아간다. 그런 이유로 중독 인구는 정확한 집계조차 불가능하다. 음식 중독의 문제는 본격적으로 도마에 오르지도 못한 채 질병이냐 아니냐를 놓고 다툼하고 있다.

중독 문제는 문자 그대로 매우 심각하며 절대로 단순하지 않다. 알코올, 니코틴, 단순당 같은 중독 물질의 위로는 시간이 지나면 지날수록 처음의 그 강렬한 효과가 사라진다. 같은 정도의 위로와 환희를 느끼려면 점점 더 자주, 많은 양을 소비해야 한다. 소위 '약발'이 떨어지면 갈망은 몇 배 더 강력하게 증폭된다. 그러는 동안 우리의 신체와 정신 건강은 치명적으로 훼손된다. 약해진 정신은 우리를 극단적인 선택으로 끌고 간다. 그래서 중독은, 죽음과 아주 가까운 질병인 것이다.

내가 그러했듯, 여전히 많은 사람이 말라 버린 영혼의 빈자리를 채우기 위해 더 많은 중독 물질의 위로를 필요로 한다. 만족하는 방법을 배우지 못한, 그래서 무슨 수를 써서라도 더 채워야 한다는 관념에 갇혀 살아 온 우리는 그렇게 중독 물질의 손을 잡고 천천히 죽음에 가까이 다가가고 마는 것이다.

분명 난 술이 싫었는데

문득 궁금할 때가 있다. 술에 대한 기억이 긍정적이기만 한 사람이 있을까. 술에 얽힌 어린 시절의 기억이 기쁨과 행복으로 가득한 사람은? 좋은 기억이라면 술에 취해 기분 좋아진 어른들이 용돈을 쥐여 주거나 맛있는 걸 사 준 일 정도가 아닐까.

나는 술이 죽도록 싫었다. 특히 술과 남자 어른이 얽이는 경우는 공포스러울 정도였다. 술에 취한 아저씨들은 기분 좋게 껄껄대다가도 갑자기 화를 내곤 했다. 별안간 언성을 높이며 싸우는 아저씨, 자기 집도 못 찾고 남의 집 문을 세게 발로 차는 아저씨, 지나가는 사람에게 시비를 거는 아저씨, 바닥에 대자로 누워 자는 아저씨……. 음주 운전으로 인해 크고 작은 사고 소식도 끊이지 않았다. 우리 집도 술이 일으키는 소동을 피해 갈 수는 없었다. 그 폭풍은 어린 나의 평화를 너무 자주 무너뜨렸다.

청소년이 돼서는 술이 더 싫어졌다. 중학교 친구의 아버지는 술을 마시기만 하면 살림을 부수고, 아줌마를 때리고, 친구에게 고함을 쳤다. 술에 취한 채 집으로 돌아오는 길목의 가게란 가게는 다 들러 "너 내가 누군지 알아? 네가 지금 날 무시해?"라고 소리를 지르는 등 이상한 행동을 했다. 분노의 응집체가 된 아저씨는 내 친구에게 시한폭탄 같은 존재였다. 친구는 제발 아버지가 바로 잠들기를 바라며 방에서 쥐 죽은 듯 자는 척을 했지만, 아저씨는 기어코 친구를 흔들어 깨워서는 영어 교과서를 읽게 했다. 그리고 발음, 문법 등을 트집 잡으며 친구를 혼냈다. "애 좀 자게 내버려 두라"라며 아줌마가 개입하는 순간, 부부 싸움이 시작됐다. 다음 날 학교에서 만난 나와 친구는, 공포의 밤을 보낸 이야기를 나누며 술을 마시는 어른들을 증오했다. 술은 분명 내 친구, 주위 아줌마, 아저씨들, 그리고 우리 가족의 삶을 망치고 있었다.

지금은 '탈억제 기능'이라는 명확한 용어를 알고 있지만, 당시에는 알코올이 어른들의 뇌로 기어들어 가 '사람다운' 기능을 정지시킨다고 생각했다. 사람의 기능을 하지 못하는 어른들이 역겹고 무섭게 느껴졌다. 그렇지만 그 어린아이가 과연 예상이나 할 수 있었을까. 자기가 미래에 바로 그 '기능을 잃은 어른'이 되리라는 걸 말이다.

술이 좋아지기 시작했어

중학생인 내게 술을 가르쳐 준 건 아버지였다. 청소년들이 술을 마시고 담배를 피우는 것이 심각한 사회문제로 대두되어 뉴스에 단골로 등장하던 때였다.

"술은 어른한테 배워야 하는 거다. 친구들이랑 몰래 마셔 보고 싶겠지만 술은 절대로 그렇게 배우면 안 돼. 술이 마시고 싶으면 아빠한테 얘기해라. 지금처럼 사 줄 테니까."

아버지는 아파트 단지 내 상가의 작은 치킨집에서 내게 생맥주 500밀리리터를 건네며 말했다. 그때는 이해되지 않았지만, 아버지의 우려는 몇 년이 지나 내가 고등학생이 되자 실현 가능성이 상당히 커졌다. 나는 여전히 술을 싫어했지만 친구들은 아니었기 때문이다. 성인처럼 보이는 친구들은 가짜 주민 등록증을 만들어 술집을 '뚫었고', 그들과 어울리고 싶었던 나는 그런 자리에 따라나섰다. 가짜 주민 등록증을 가진 친구들이 먼저 술집에 자리를 잡으면 한 시간 뒤쯤 나머지 애들이 따라 들어가는 식이었다. 술집 주인은 늦게 온 애들까지 일일이 신분증을 확인하진 않았다. 친구들은 내게 어른스러워 보이는 옷을 빌려주고 화장도 해 줬다.

나는 그때도 술을 싫어했다. 맛도, 냄새도 싫었다. 무엇보다 아버지를 속이느니 차라리 알몸으로 돌아다니는 편이 낫다 싶을 정도로 아버지를 두려워했다. 결국 나는 한두 번 만에 친구들을 따라 술 마시러 가는 일을 포기했다.

수능이 끝나고 성인이 됐다. 대학 입시 결과가 발표되자 어른들은 대학 입학과 성인이 된 것을 축하하며 자녀들에게 술을 사 줬다. 동네 친구들과 맥주를 마시러 나가도 되느냐는 질문에 부모님들은 너무 많이 마시지만 말라며 기꺼이 허락하고, 심지어 용돈도 쥐여 줬다. 귀갓길에 들러 쿨하게 술값을 내주기도 했다.

이제 친구들과 수다 떠는 장소는 놀이터나 카페가 아닌 동네 호프집이 됐다. 거짓말하거나 죄책감을 느낄 필요가 없어지자 술에 대한 부정적인 이미지도 서서히 사라졌다. '하면 안 되는 것'이 '해도 되는 것'이 된 순간의 해방감과 짜릿함이란!

막 성인이 된 이들에게 생활 전반이 바뀌는 대학 입학은 엄청난 의미이자 사건이었다. 어딜 가나 사람들은 그 성과를 술로 치하했다. 신입생 오리엔테이션에서는 선배와 교수가 대학 생활을 어떻게 해야 하는지 알려 주며 축하주를 건넸고, 마를 새 없이 담기는 술 때문에 종이컵은 금방 너덜너덜해졌다.

그렇다 보니 술자리에서 빠지기란 여간 마음 쓰이는 일이 아닐 수 없었다. 술자리가 교수, 선배, 그리고 동기와 친밀감을 쌓을 수 있는 유일한 통로처럼 느껴졌기 때문이다. 실제로 술자리에 한 번 빠지면 다음 날 바로 동기들의 수다에 끼기 어려웠다. 술자리에 빠짐없이 참석하는 친구들은 그 어렵다는 교수님과도 편하게 대화를 나누곤 했다. 술자리에 반드시 참여해야 한다는 인식이 생기는 것도 이상한 일은 아니었다.

간혹 수업 중에 낮술을 사 주는 교수님도 있었다. 봄기운이 완연한 어느 날, 교수님은 문득 말을 멈추고 창밖의 목련 나무를 한참 쳐다보다가 불현듯 과대를 찾았다. 그러곤 과대에게만 원짜리 몇 장을 쥐여 주며 막걸리와 과자를 사 오라고, 나머지 학생들에겐 목련 나무 밑에 자리 잡으라고 했다. 우리는 환호했다. 동기들끼리였다면 분명 철없다고 치부될 행동이었지만 권위 있는 교수님과 함께하자 술판은 수업의 연장, 지성인의 일탈, 캠퍼스의 낭만으로 바뀌었다. 우리는 잔디밭에 앉아 교수님의 이야기를 들으며 벚꽃과 낮술에 취했다.

술과의 만남은 점점 긍정적으로 무르익어 갔다. 나는 술과 사이가 아주 좋아졌다. 술은 눈치를 많이 보고 쭈뼛대던 내게

새 친구를 소개해 주는 발 넓은 친구였다. 사람들과 연결돼 있음을 느낄 때마다 술에게 고맙기까지 했다.

그러나 대학의 음주 문화는 자유보다 방종에 가까웠다. 나와 친구들은 무서울 정도로 많은 술을 마셨다. 어제 세 병 넘게 마셨다며 종일 숙취로 빌빌댄 선배는 저녁 술자리에도 어김없이 나타나 언제 그랬냐는 듯 또다시 폭음했다. 한 친구는 늘 남자 친구의 등에 업히지 않고는 귀가가 불가능할 때까지 술을 마셨다. 어떤 선배는 스물세 살의 나이에 술을 마시다 피를 토하며 응급실에 실려 갔다. 엠티에서는 동기가 술에 취해 자다가 구토를 하는 바람에 기도가 막혀 죽을 뻔한 사건이 벌어지기도 했다.

도대체 어디서부터 잘못된 것일까? 분명 정상이 아닌 대학가의 술 문화를 나는 이상할 정도로 당연하게 받아들이고 있었다.

동경과 중독, 그 최초의 순간들

학과 수업이 끝나면 나와 동기들은 밥집과 술집이 모인 일명 '길 건너 지하 세계'로 내려갔다. 수업이 일찍 끝난 사람들은 술을 한잔 걸쳐 이미 얼굴이 벌겋게 달아올라 있었다. 테이블을 붙이고 붙여 열 명 넘게 한자리에 앉았다.

술집은 웃고 떠드는 학생들의 목소리로 시끌벅적했다. 주로 술 게임과 실없는 이야기를 나눴지만, 어느 정도 술이 오르면 선배들은 곧잘 진지한 주제를 꺼내곤 했다. 스무 살이 될 때까지 세상 돌아가는 일에 도통 무지하던 나에게 철학과 사회학적 지식을 총동원한 선배들의 이야기는 심오하게 느껴질 정도였다. 그들의 이야기를 제대로 이해하지 못하는 나의 무지가 부끄러웠고, 스스로 사회적 책임감이 부족한 청년처럼 느껴졌다. 그리하여 나는 알아먹지도 못하는 이야기에 연신 고개를 끄덕였다.

의무감에 진학한 대학인지라 학과 수업에 별다른 흥미가 없었던 내게, 대학생다운 지식을 갖고 싶다는 최초의 열망이 생겼다. 술자리에서든 학회 모임에서든, 선배나 교수님의 이야기를 '온전히' 이해하고 내 의견을 보태고 싶었다. 소위 지적 허영심이었다. 자연스레 인문학 전반에 관심이 생겼고, 뉴스도 열

심히 챙겨 봤다. 술자리에서 알아먹을 수 있을 만한 이야기가
나올 때마다 마음이 기쁨으로 반짝거렸다. 이제야 제법 대학생
이 된 것 같았다.

그런 내게, 특히나 동경심을 일으키는 선배 한 명이 있었다. 왜
소한 몸에 늘 수수한 차림이었지만, 그녀는 선배들 중에서도
한 차원 높은 지식수준을 자랑하는 사람이었다. 평소에는 다정
하고 느린 말투로 이야기했지만, 수업이나 학회 모임에서 토론
할 때면 눈빛이 날카로워지고 단어 선택도 매서워졌다. 그녀
의 지적인 분위기와 해박한 지식에 나는 매번 감탄했다. 특히
나 다정한 평상시 모습과 지적인 모습 사이의 넓은 간극을 동경
했다.

　선배는 지독한 골초이기도 했다. 안 그래도 병약해 보이는
인상에 담배까지 물고 있으면, 내일 당장 선배가 죽었다는 소
식이 들려와도 이상하지 않을 듯 위태로운 느낌이 들었다. 그
녀는 늘 생각에 잠긴 얼굴로 담배를 피웠고, 나는 그 우울한 얼
굴을 좋아했다. 세상과 동떨어져 자기만의 세상에 덩그러니 있
는 듯한, 그녀만이 자아내는 분위기를 닮고 싶었다.

어느 날 우연히 그녀와 술자리를 할 기회가 생겼다. 일부러 찾아가기 힘든 명륜동 어느 술집에 대여섯 명이 모여, 우리는 밤 늦도록 소주를 홀짝였다. 그녀는 연신 기분 좋게 웃으며 이런저런 이야기를 꺼내 놓았다. 웃을 때도 슬퍼 보이던 그녀는 술을 마시고야 '진짜 웃음'을 짓는 듯했다. 그녀의 기쁨을 보는 일이 참 좋았다.

누군가 선배에게 기타를 건네며 노래를 불러 달라고 했다. 그녀는 피우던 담배를 손에 그대로 든 채 노래를 시작했다. 레이첼 야마가타의 노래였다. 노래 실력이 뛰어나지도 가사를 제대로 외우는 것도 아니었지만, 그녀에게 무척이나 잘 어울리는 선곡이었다. 술에 취해 눈을 반쯤 감은 채 부르는 그녀의 노래는 내가 감추고 있는 슬픔과 우울함을 어루만졌다. 눈물이 났다. 그녀의 손가락에 끼워진 담배도, 입에서 흘러나오는 노래도, 그 노래와 함께 들이켜는 술도, 모든 것이 지독하게 감성적이었다.

나는 그 분위기에 깊숙이 빠져들었다. 나의 우울이 숙명처럼 느껴지는 순간이었다. 그녀에 대한 애정과 동경은 어쩌면 그녀가 자아내는 우울함에 대한 동질감이었는지도 모른다. 나는 아품과 애정을 동시에 느끼며 술을 들이켰다.

'지독히 강렬하고 감성적인' 경험으로 인한 느낀 새롭고 낯선 술에 대한 특별한 감정으로 이어졌다. 동경하는 대상이 하는 행위는 전부 좋고 멋있는 것처럼 왜곡됐고, 나는 그들을 모방했다. 동경하거나 좋아하는 대상, 그리고 중독 물질. 동경이 치명적인 중독으로 연결되는 최초의 순간이었다.

모두에게 사랑받는 존재가 되고 싶어

그 무렵 나는 묘한 공허감에 빠져 있었다. 많은 사람과 술자리를 갖고, 이런저런 활동을 해도 혼자라는 느낌을 지울 수 없었다.

쾌활하고 외향적인 내 모습은 페르소나인 겉모습에 불과했다. 페르소나 뒤의 진짜 나는 타인의 시선에 민감하게 반응했다. 아주 어린 시절부터 나는 오답을 말하거나 내 선택이 틀릴까 봐 무서웠다. 어른들이 혼내거나 실망 가득한 표정을 지을 때 그로 인해 느껴야 할 수치심을 극도로 두려워했다. 평가가 두려워 행동이 조심스러워지고, 선택과 결정의 속도도 느려졌다. 동시에 소심한 아이는 쉽게 꾸지람과 채근을 받았기 때문에, 부모님과 선생님에게 늘 적극적이고 똑 부러진 아이로 보이고 싶었다.

"우리 슬기 잘하네, 우리 슬기 똑똑하네, 역시 우리 슬기야……."

칭찬받지 않으면 무언가 잘못하는 듯한 불안에 휩싸였다. 나는 학교에서 나쁜 일, 예를 들면 선생님에게 나쁜 평가를 받거나 친구들에게 놀림과 따돌림을 당해도 집에 가서 사실 그대로 말할 수 없었다. 내가 엄마에게 떠들어 댄 이야기는 보통 선생님에게 칭찬을 듣거나 문제를 잘 해결한 일 위주였다. 사람들 앞의 나는 행복하고 제법 똑똑한 아이였지만, 실은 언제나 마음 한편이 외롭고 불안했다.

청소년 시기에는 눈치를 더 심하게 봤다. 아무도 시키지 않았는데 같은 반 모든 아이의 성격을 분석하고 나를 휘두를 수 있는 사람이 누구인지 찾아 미리 경계했다. 사람을 대하는 방법도, 그 방법을 누구에게 물어봐야 할지도 몰랐다. 결국 공부를 특별히 잘하는 아이도, 그렇다고 열심히 잘 노는 아이도 되지 못했다.

나는 남들이 보기에 괜찮은 나를 찾기 바빴다. 그런 아이를 어느 누가 좋아할까. 그렇다 보니 너무 쉽게 따돌림의 대상이나 조롱거리가 되곤 했다. 아이들은 장난감 가지고 놀듯 내게 친절하다가도 뒤통수를 치고, 무리에 끼워 주는 척하다가 내뱉어 버리며 나를 주물렀다. 학교에 가면 내 책상이 복도 끝에 버려져 있고, 책상 서랍에 넣어 둔 물건이 쓰레기통에 처박혀 있었다. 범죄 수준의 신체적·정신적 수모를 당하는 날들이었지만 선생님이나 부모님에게 말하진 못했다. 이해와 보호를 받기보다 나의 부족함 때문이라며 꾸지람을 들을 것 같았다. 나는 어른들을 실망시키지 않기 위해 최선을 다했다.

정신적 고통에서 벗어나고 싶었던 나는 고등학생이 되면서 본능적으로 페르소나를 만들어 냈다. 남의 눈치를 보느라 혼돈에 휩싸인 자신을 구하기 위해 당돌한 척, 당당한 척, 자신감 넘치는 척하기 시작한 것이다. 척하는 내내 심장은 터질 것 같았지만, 친구들과 어른들에게 받는 사랑과 관심은 중독성이 넘쳤다. 처음으로 스스로가 세상에 나가도 문제없는 사람이 된 것 같았다. 그리고 '괜찮은 아이'의 이미지를 유지하기 위해 최선을 다했다. 이는 에너지를 엄청나게 소모하는 일이었으므로, 혼자가 되면 나는 완전히 고갈된 채 아무것도 할 수 없었다. 내일은 또 어떻게 될지 알 수 없어 두렵고, 아무에게도 진짜 나에 대해 말할 수 없어서 더욱 외로워졌다.

행복하고, 똑똑하고, 쾌활한 척 굴수록 두려움과 외로움은 걷잡을 수 없이 커졌다. 사람들과 있을 때 모든 신호를 예민하게 감지해 빠르게 분석하고, 그중 가장 적합해 보이는 선택지를 골라야 했기에 나의 감각은 항상 외부를 향해 날카롭게 뻗어 있었다. 그러면서도 계산적인 행동을 들키지 않기 위해 에너지를 추가 지출해야 했다.

힘든 하루를 보내고 자취방으로 돌아오면 지독한 외로움과 공허감이 구석구석까지 차올랐다. 친구도 가족도 내 안에서 벌어지는 전쟁을 눈치채지 못했기에 나는 처절할 정도로 혼자가 돼야 했다. 아니, 나 자신조차 스스로에게 페르소나처럼 될 것을 쉼 없이 강요했으므로 혼자일 수도 없는 기묘한 상태였다.

'이게 나여야 해. 밝고, 자신감 넘치고, 거침없고, 유머러스하고, 재능 있고, 예쁘고, 날씬하고, 그래서 사랑받는 사람 말이야. 그게 나야. 찌질하게 굴지 말란 말이야. 사람들은 소심하고, 겁 많고, 눈치나 보는 사람을 싫어한다고! 그렇게 겪어 보고도 모르겠어? 그러니까 매력 있는 사람이 되도록 더 노력해.'

나는 스스로에게도 지지받지 못한 채 나 자신을 완전히 잃어가고 있었다.

치열한 삶의 대가, 우울증

감정적인 문제를 홀로 떠안고 살기에는 20대 초반의 나는 아직 연약했다. 그러나 세상은 연약함을 질타하고 강해질 것을 요구했고, 누군가에게 나의 나약한 자아를 드러내는 것은 숨기는 것보다 훨씬 더 어려운 일이었다.

언제 중독 문제에 빠져도 이상한 것이 없던 공허하고 위태로운 상태의 나는 어학연수를 떠나는 비행기 안에서 스물한 살을 맞이했다. 한국에 모든 것을 두고 왔다는 홀가분함 때문인지, 서구 사회에 대한 장밋빛 환상 때문인지, 나는 영국에 발을 딛자마자 자유라는 이름의 방종을 마음껏 누렸다. 거기엔 내가 눈치를 볼 사람이 없었다. '여긴 한국에 비해 훨씬 자유로운 곳이니 뭘 해도 괜찮을 거야!'라는 인식이 방아쇠를 당겼고, 나는 그대로 총알처럼 발사됐다.

나는 도파민의 노예가 돼 성취와 쾌락을 동시에 추구했다. 오전에는 광적으로 공부하고 오후에는 되지도 않는 영어와 씨름하며 아르바이트를 한 다음, 저녁에는 술과 담배, 책임감이 결여된 만남으로 모든 스트레스를 풀었다. 거의 매일 밤 파티를 즐겼고, 지나치게 많은 담배를 피웠으며, 도가 넘을 때까지 술을 마시고, 아무 사람이나 만났다. 같은 건물에 거주하는 친구들이 매일 돌아가며 파티를 열었기에 심심할 틈이 전혀 없었다. 즉흥적인 즐거움과 즉각적인 만족으로 가득한 삶은 엄청난 해방감을 선사했다.

모든 파티는 그리 오래가지 않는 법. 1년여가 지나 한국으로 돌아오면서 학점과 미래를 걱정하는 삶도 다시 시작됐다. 24시간 돈 걱정이 기본값인 삶. 남들보다 잘나기 위해 시기 질투하고 경쟁해야 하는 삶. 매력적인 여성으로서 예쁜 얼굴과 마른 몸매에 집착해야 하는 삶. 무엇이든 성실히 임하는 딸이 되어야 하는 삶. 나는 쉴 새 없이 노력했다. 괜찮은 성적을 유지하고, 새로운 꿈을 좇아 시험을 준비했다. 생활비를 벌기 위해 과외나 아르바이트도 빼놓지 않았다. 잠을 줄여가며 사람들을 만나고, 발을 넓혔다. 이 모든 것이 미래를 위한 일이라 굳게 믿으면서.

문제에 봉착했을 때, 인간은 가장 단순하면서도 빠른 해결 방법을 선택하도록 진화했다. 인류사에서 '문제'는 대부분 물리적인 위협이었기 때문이다. 심사숙고했다가는 사자나 호랑이에게 잡아먹히기에 십상이었다.

현대 사회엔 사자나 호랑이처럼 직접적인 위협은 사라졌지만, 그보다 위험한 문제가 나타났다. 바로 '마음의 사자', 즉 스트레스다. 현대의 새로운 문젯거리의 경우, 좋은 결과를 얻으려면 심사숙고하는 것이 유리하다. 그러나 우리의 뇌는 현대 사회의 스트레스도 물리적 위협과 똑같이 취급한다. 스트레스 해소를 위한 가장 쉽고 효율적인 방법이 무엇일까. 즉각적인 안도감, 완화감, 해방감을 줄 묘약 말이다. 새로운 묘약을 찾아 헤맬 때 가장 먼저 눈에 들어오는 것이 술과 담배다. 구하기 쉽고, 효과도 좋기 때문이다. 게다가 합법이기까지 하다!

한번 즉각적인 만족감을 느끼면 철컥, 우리는 덫에 걸려든다. 불행하게도 우리는 해방감과 안도감에 도취된 나머지 위험에 빠졌다는 사실조차 알아채지 못한다. 스무 살이 된 시점부터 나는 덫에 걸려들었지만 그것을 전혀 인지하지 못했고, 가속 페달을 밟기까지 했다.

내가 모르는 사이 중독 문제는 눈덩이처럼 몸집을 키워 나갔다. 술을 마시지 않으면 잠이 오지 않는 날이 늘었고, 골치 아픈 문제가 있을 때마다 담배에 불을 붙여 대니 하루에 한 갑을 비우는 일이 허다했다. 삶은 점점 걱정과 근심으로 가득 찼다. 분명 열심히 살고 있는데 문제는 점점 늘어나기만 하는 아이러니

속에서 나는 빛을 잃어 갔다. 분명 무언가 잘못되고 있었다.

스물두 살이 지날 무렵, 무엇이 어떻게 잘못되었는지 알아내기 위해 상담사를 찾았다. 그녀는 내가 술을 지나치게 마시고, 담배를 너무 많이 피우며, 식사를 기피하고, 잠들기를 두려워한다고 말했다. 그녀는 내 행동이 우울증의 대표적인 증상이라고 했다. 상담을 주기적으로 받는 것이 좋겠다는 말도 덧붙였다.

우울증이라니. 미래에는 남부럽지 않게 살아 보겠다고 발버둥친 결과로 우울증을 얻었다. 그러나 나는 슬프지 않았다. 아니, 그 반대였다. '우울증'이라는 단어가 묘한 안도감을 가져다줬다.

'그렇구나. 내가 이상한 건 내가 잘못해서가 아니라 우울증에 걸렸기 때문이구나. 나는 아무것도 잘못하지 않았어.'

나는 책임감을 버리고 안도감을 얻었다.

우울증을 치료해야겠다는 생각이 들지 않았다. 우울증이라는 병명이 사라지면 모든 문제가 내 책임, 내 잘못이 될까 봐 두려웠다. 게다가 여전히 정신과 치료를 받는 사람을 색안경 끼고 바라보는 이가 많았다. 우울증은 정신력이나 의지가 나약한 사람이 걸리는 질병이라는 편견이 있었다. 이는 나에게 정신과에 다니는 것을 포기할 적절한 핑계가 됐다. 우울증이라는 병명에 책임을 떠넘기려는 불순한 의도를 품은 채 나는 치료를 포기했다.

현대 의학에서는 우울증을 뇌의 단독적인 문제가 아닌 염증질환의 범주로 포함시킨다. 당시의 우울증은 적극적인 식단 조절 및 생활 습관 교정을 통해 충분히 해결할 수 있었지만, 안타깝게도 나는 제대로 된 정보를 얻지 못했고, 우울증의 발병 사실을 확인함과 동시에 '질병의 방치'라는 새로운 국면으로 내 삶을 끌고 들어가기 시작했다.

더 마른 몸을 원해

뇌가 지시한 비이성적 행동 중에는 음식을 적게 먹는 문제가 포함돼 있었다. 우울증이 시작될 무렵부터 내 식사량은 지나치게 줄어들고 있었다. 어려서부터 소화력이 약해 조금만 자극적인 음식을 먹어도 배가 아픈 과민 대장 증후군을 앓던 나는 먹는 행위에 늘 불편함을 느꼈다. 입이 짧았으니 누구도 식사량이 줄어든 게 잘못됐다고 인식하지 못했다. 나조차도.

아주 어릴 때부터 '키 크고 말라서 좋겠다'는 말을 들어온 내게 늘씬한 몸매를 유지하는 일은 점점 중요한 문제가 됐다. 그런 칭찬은 곧 '살찌는 건 나쁜 거야'라는 뜻으로 해석됐기 때문이다. 동시에 조금만 살이 붙어도 덩치가 커 보이는 내 체형을 저주처럼 여기게 됐다. 생전 처음 몸무게 앞자리가 6으로 바뀌고 나서 찍은 고등학생 시절의 사진은 마음속에 수치심과 함께 박제됐다. 키가 170센티미터가 넘으니 다른 친구들보다 몸무게가 많이 나가는 게 당연하다는 사실도, 내 기분을 바꾸는 데는 아무 효력이 없었다.

수치심을 주는 환경적 요소 역시 넘쳐났다. 학창 시절, 아이들은 서로에게 신랄한 외모 지적을 남발했다. 돼지 콧구멍, 두턱, 아줌마, 떡대. 중학생 때 들은 단어 몇 개가 기억에 남아 그 어린 나이부터 살찔까 봐 전전긍긍했다. 물론 학교 밖으로 나온다고 해서 자유로워지는 것도 아니었다. 광고에서는 당장 예쁘고 아름다워져야 한다고 끊임없이 종용했다. 한 달에 한 권씩 사 본 10대 여학생 타깃의 패션 잡지에는 금방이라도 부러질 듯 마른 모델들이 다이어트를 하려면 자신에게 혹독해져야 한다며 채찍질했다. 예뻐지려 애쓰지 않으면 뒤처지고 실패한 여자가 되는 느낌이었다. 텔레비전을 봐도, 라디오를 들어도, 그 어디를 둘러봐도 살찐 사람이 사랑받는 방법은 없는 것 같았다. 다이어트는 여자들의 생존을 위한 처절하고 필수적인 전략이었다. 내 몸을 사랑하며 자존감을 높이자는 제안은 조바심 충만한 나에게는 그다지 효과적인 전략이 되지 못했다.

성인이 되며 나는 다시 몸무게 앞자리를 5로 갈아 치웠고 그럭저럭 날씬한 몸매를 유지했다. 그럼에도 만족을 느끼지 못했던 나는 허리둘레, 엉덩이둘레, 그리고 그 둘의 비율 같은 것에 집착하며 매일 줄자로 사이즈를 체크했다. 미니홈피 사진첩에는 모델 사진이나 스트리트 패션을 스크랩하는 앨범을 따로 만들었다. 그 사진을 보며 부러워하다가, 문득 내 사이즈를 재어 보면 박탈감이 밀려들었다.

'나는 허벅지가 굵어. 허리가 통나무 같아. 턱살이 혐오스러워. 뚱뚱해.'

스무 살에 시작한 자취도 문제를 심화시켰다. 혼자 사니 잘못된 행동을 지적해 줄 사람이 없어 가족과 살 때보다 문제 인식이 미흡해졌다. 하루 한 끼를 겨우 챙겨 먹는 날이 늘고, 먹더라도 시리얼 따위를 마치 사료처럼 대충 삼켰다. 하지만 그게 뭐 이상한가? CF에 나오는 날씬한 사람도 다 그렇게 먹는데. 세상은 과식은 문제 삼아도 소식은 문제 삼지 않았다. 먹지 않으니 편했고, 살이 찌지 않으니 좋았다.

그런 내가, 그나마 음식을 먹는 경우는 오로지 술을 마실 때였다.

"애는 술이라도 마시니까 그나마 뭘 먹는 거지. 술도 안 마셨으면 맨날 굶었을걸."

친구는 혀를 찼지만 어느 날부터 나는 그런 말을 칭찬으로 '자체 필터링'하기 시작했다. '거의 아무것도 먹지 않는다'는 말을 칭찬으로 듣거나 자부심 비슷한 걸 느끼기 시작했다는 것은 식이 장애가 이미 어느 정도 진행됐다는 결정적인 증거이기도

하다. 내 뇌는 '적게 먹는다'를 '날씬하다'와 동의어로, '먹지 않는다'를 '말랐다'는 말과 같은 뜻으로 여겼다. 칭찬은 뇌를 자극해 신경 전달 물질을 분비시키며 나를 강렬하게 휘감았다. 더욱 적게 먹고, 더욱 마르고 싶었다. "어떻게 그렇게 날씬해?", "저도 언니처럼 마르고 싶어요", "난 정말 식욕을 주체를 못하겠어. 넌 진짜 대단하다. 닮고 싶어" 같은 주변의 말은 가장 강렬한 기폭제로 작용했다. 그렇게 나의 식이 장애는 알코올 의존증과 함께, 내가 눈치채지 못하는 사이에 서서히 나를 집어삼키고 있었다.

그 시기의 나는 이미 술 없이는 잠들기가 힘들었고, 상당 수준의 갈망을 느꼈다. 눈 뜰 때부터 얼른 모든 일과를 마치고 술 마실 시간이 오기만을 기다렸다.

인터넷에는 술이 빈 칼로리(empty calories)이기 때문에, 안주를 먹지 않고 술만 마시면 살이 찌지 않는다는 정보가 퍼져 있었다. 듣고 싶은 말을 찾아 헤매던 나에게 그 개념은 그야말로 오아시스나 다름없었다. 술, 마른 몸 둘 다 포기하지 않아도 될 이유를 찾았으니까! 사실 그 정보는 인체의 대사 과정에 대한 이해 없이, 단어를 문자 그대로 해석한 것이었다. 빈 칼로리란 칼로리가 없다는 게 아니라 우리 몸에 필요한 영양소가 없다는 뜻이다. 그럼에도 나는 그 개념을 철석같이 믿으며 술자리에서는 안주에 거의 손대지 않았고 집에서는 종지에 김치 쪼가리나 시리얼을 한 줌 놓고 혼자 소주를 마셨다.

음식을 먹는 일은 점점 더 공포스러워지고 죄악처럼 여겨졌다. 음식을 조금만 입에 넣어도 살이 왕창 찐 느낌이 들었다. 체중계 숫자는 점점 줄어드는 데도 전혀 만족스럽지 않고, 오히려 줄어든 숫자만큼의 두려움이 가중됐다. 내가 보는 거울 속의 나는 여전히 체지방 덩어리였다. 몸무게가 40킬로그램대에 진입해도 전혀 기쁘지 않았다.

스물세 살, 나는 남모르게 구토하기 시작했다. 살찔 것 같다는 두려움이 이렇게 굶다가는 죽을 수도 있다는 두려움을 압도하면 나는 혀뿌리 깊숙한 곳에 손가락을 넣었다.

첫 구토.

그 충격적인 사건을 기억한다. 맨 처음 자취방에서 구토를 시도했던 날은 눈을 뜬 후 온종일 집착에 가까울 정도로 짜장

라면이 먹고 싶었다. 음식 하나 내 마음대로 먹지 못하는 것이 억울해서, 편의점에 가 짜장 라면을 두 봉지 집었다.

아직 먹지도 않았는데, 라면을 끓이는 동안 죄책감이 몰려왔다. 동시에 죄책감의 열 배쯤 되는 욕망이 들끓었다. 나는 앉은 자리에서 짜장 라면을 흡입했고, 정신을 차려 보니 냄비가 텅 비어 있었다. 등골이 서늘해지는 공포를 느꼈다. 곧장 화장실로 달려가 채 소화되지 못한 라면을 그대로 게워 냈다. 나는 내 행동에 대한 충격으로 침대 구석에 앉아 밤새 울었다. 덜컥 겁이 났다.

'음식을 먹고 일부러 토하다니, 그건 거식증 환자들이 하는 행동 아니었어?'

나는 이미 심각한 우울증 환자였고, 병명이 하나 더 추가되는 것은 결코 좋은 상황이 아니었다.

하지만 음식을 게워 낸 충격은 이상하게도 안도감 같은 것을 동반했다. 충격과 안도감이 공존할 수 있다는 것을 이해하기 어려웠지만, 나는 곧 그 기분에 빠져들었다. 블랙홀 같은 내면 속으로 빨려 들어가 세상에서 사라지는 느낌. 그러나 이 모든 것은 단지 시작일 뿐이었다. 나는 곧 죽음의 문턱까지 다녀오게 됐으니까.

죽음의 문턱

우울증, 식이 장애, 그리고 알코올 의존증이 치명적인 이유는 그 끝에 죽음이 기다리고 있기 때문이다. 스물세 살의 나는 빠른 속도로 죽음을 향해 달음질치고 있었다. 애처로운 청년의 눈 밑에 죽음의 그림자가 짙게 깔렸다.

거의 먹지 않던 나는 하루에도 몇 번씩 어지럼증을 견디기 위해 벽을 잡고 숨을 골라야 했다. 하루를 버티고 나면 일말의 힘도 남지 않았고, 그럴수록 더욱 아무것도 먹고 싶지 않았다. 나는 자취방에 홀로 처박혀 곧잘 사무치는 감정을 느끼며 눈물을 쏟아 냈다. 그때부터 매일 죽음에 대해 생각했다. 아니, 죽음이 나를 생각했다고 하는 편이 맞을지도 모른다. 텅 비어 버린 몸과 마음이 죽음에 대한 생각으로 지배당하기 시작했다.

문득 두려운 마음이 들어 병원에 다니며 상담 치료와 약 처방을 받았지만 그것은 회복에 대한 의지라기보다 '지푸라기 잡기'에 가까웠다. 그마저도 오래 지속하진 못했다. 상담 치료는 과거의 상처를 들추어내기 바빴고, 나는 이해받지 못한다고 여기며 죄책감과 수치심을 느꼈다. 약도 아무런 효과가 없는 느낌이었다.

에너지가 부족해지자 내 의지의 강은 바닥을 드러냈고, 정신의 샘도 말라 버렸다. 비이성의 끝을 내달리는 정신세계는 당시 사귀었던 연인에 대한 집착으로 나타났다. 나는 생활을 포기하고 그가 있는 곳은 어디든 따라다녔고, 심지어 그가 일하는 곳을 찾아가 죽치기도 했다.

분리 불안이 심한 강아지처럼 어떤 설득도 먹히지 않고, 여자 친구를 위해 할 수 있는 일도 없다는 것을 깨달은 그는 필연적으로 나를 거부하기 시작했다. 나는 그가 찾아오지 않는 밤을 폭음과 눈물로 지새웠다. 죽음을 향한 질주였지만, 브레이크를 밟을 수가 없었다.

삶의 의미를 잃은 나는 결국 극단적인 선택을 했다. 머릿속이 죽고 싶다는 생각으로 가득 찼을 때, 외국 출장에서 사 온 두통약 한 통이 눈에 들어왔다. 흔들어 보니, 제법 많은 양이 남아 있었다.

'이걸 한꺼번에 먹으면 죽을 수 있을 거야.'

그 자리에서 약 한 통을 비우고 쓰러지듯 잠들었다.

얼마나 지났을까. 정신을 차려 보니 나는 화장실 바닥에 늘어져 구토하고 있었다. 살면서 단 한 번도 겪어 보지 못한 격렬한 통증을 느꼈다. 너무 아파서 정확히 어디가 어떻게 아픈지도 판단되지 않았다. 죽는 데 실패했다는 사실을 깨닫기에 충분한 통증이었다.

구급차에 실려 응급실에 가는 동안에도 망가진 내 몸은 쉬지 않고 약물을 밀어냈다. 이어지는 구토로 숨을 쉴 수가 없어서, 이것 때문에 죽겠구나 싶어질 지경이었다. 응급실에서는 해독을 위한 약을 억지로 삼키게 했지만 몸은 그마저도 거부했다. 간호사가 거칠게 소리쳤다.

"환자분, 지금 이거 안 마시면 죽는다고요!"

그래. 당신 말대로 내가 원한 건 죽음이지 이런 고통이 아니라고! 나는 죽는 것마저 마음대로 되지 않는 내 삶을 저주했다.

영겁 같은 시간이 흐른 뒤에야 비로소 구토가 잦아들었다. 그러나 그것이 내가 생명을 건졌다는 신호는 아니었다. 의사가 다가오더니 말했다.

"환자분, 이대로 간 수치가 떨어지지 않으면 2~3일 안에 사망하실 수 있습니다."

중독 부정기

어리고 멀쩡한 알코올 중독자

생존과 번식이라는 자연의 거대한 법칙에 따라 생명체는 태어나고, 숨 쉬고, 세상을 경험한다. 생명체는 죽음이 아니라 생존에 적합하게 진화한다. 죽고 싶다고 마음대로 죽을 수 없다는 뜻이다. 그러나 중환자실에 누운 나는 그 사실을 이해하지 못했다. 그 엄청난 고통을 겪었으면서도 죽지 않은 내 몸이 의아했다. 내 생각이 뭐였든 내 몸은 어떻게든 생존하려 고군분투했고 그 결과, 나는 살아남았다.

죽음의 문손잡이까지 잡았다가 세상으로 돌아온 나는 얼마간 일반 병동에 머물고 나서야 퇴원이 결정됐다. 그렇게 몸을 혹사했는데도 나이 어린 인간의 몸은 짐승 같은 회복세를 보여서, 정말 죽을 뻔한 사람이 맞나 싶은 모습으로 병원 문을 나섰다. 더불어 죽기 직전까지의 어마어마한 고통을 견디고 나니 이제 세상 무슨 일이든 견딜 수 있으리라는 자신감이 붙었다. 바깥 공기를 맡으며 다시 태어난 것 같은 거창한 기분을 느꼈다.

그 후로 외래 진료를 다니며 우울증 치료를 받았다. 과한 자신감에 들뜬 나는 한 달 정도 치료받은 뒤 이제 정신과 약도, 상담도 필요 없다는 자체적인 결론에 도달했다. 의사 선생님의 과한 칭찬이 한몫했다.

"내가 의사 하면서 이렇게 자기 자신에 대해 잘 알고, 앞으로 어떻게 살아가야 할지 잘 아는 우울증 환자는 처음 봐요."

그의 한마디는 타오르는 오만방자함에 기름을 들이부었다.

'그래, 어쩌다 보니 우울증에 걸렸지만 그건 내 잘못이 아니잖아. 게다가 내가 아주 잘 해내고 있다고 의사도 인정했는데, 죽다 살아난 사람이 뭘 못하겠어? 이제 나는 혼자서도 뭐든 잘할 수 있어!'

나는 그대로 치료를 중단했다.

내가 삶을 대하는 태도는 표면적으론 자살 시도 전보다 제법 성숙해진 것처럼 '보였다'. 적어도 하루 한 끼는 식사라는 것을 하려 했고, 하다못해 아침에 시리얼 한 그릇이라도 먹으려 애썼다. 먹은 것을 게워 내고 싶은 욕구를 열심히 참았다. 학업과 일을 병행하며 부지런히 살았다. 운동이든 친구와의 모임이든 되도록 몸을 움직이려 노력했다. 방에 처박히고 싶을 때마다 스스로 등을 떠밀어 밖으로 나가고, 자주 산책하려 했다.

그러나 나는 이상할 정도로 알코올에 대해선 경각심이 없었다. 아니, 우울증이 발병해 악화되고, 자살 시도를 하고, 다시 살아 돌아오는 그 긴긴 과정 내내, 술이 문제 요인 중 하나라곤 단 한 번도 생각한 적 없었다. 정신과 치료를 할 때 선생님도 술에 대해서는 거의 묻지 않았다.

우리 사회는 상대적으로 술에 관대했다. 특히 청년이 과음하는 것은 쯧쯧 혀를 찰 일 정도는 돼도 크게 이상한 일에는 속하지 않았다. 과음 후 저지른 온갖 실수에 대한 이야기는 우스갯소리 이상도, 이하도 아니었다. 술자리에 모인 이들은 누가 더 이상한지 대결이라도 하듯 무용담을 쏟아 냈다. 술에 취해 집을 잘못 찾아가 남의 집 현관문 번호 키를 누른 이야기나 예전 자취방을 지금 사는 집으로 착각해서 들어가려다가 한바탕 곤혹을 치른 이야기, 나무나 벽을 타고 오르겠다며 난동을 피운 사건 등 충분히 심각하고 큰 문제로 번질 수 있는 행동도 젊어서 부리는 객기 정도의 가벼운 일로 치부됐다. "술 취하면 다 그렇지 뭐"하며 저러다 나이 먹고 철들면 말겠거니 하고 넘어갔다.

어른에게 배운 술, 주정 없이 마시는 술, 주변에 피해를 끼치지 않는 술. '적당히' 부리는 주사에 대해 사회는 문제 삼지 않았다. 게다가 나는 주사를 부리거나 실수하는 나 자신을 용납할 수 없었기에 술자리에서는 되도록 맨 정신을 유지하려고 굉장한 노력을 기울였다. 술자리의 모든 이가 제 몸도 가누지 못할 정도로 취했을 때도 나는 그들을 택시에 태워 보낼 정도로 멀쩡하려고 애썼다. 그러니 누가 내 음주를 문제 삼을 수 있었을까.

사람들과 술자리를 끝내고 나면 늘 아쉬운 마음이 들었다. 취하려고 마시는 술인데, 정신을 부여잡느라 취하지 못했으니까. 어느 날부터 나는 귀갓길이면 어김없이 편의점에 들러 술을 샀다. 혼자 조금이라도 더 마시고 취해야 아쉬움 없이 잠들 수 있었다. 술 약속이 없는 날이면 홀로 소주를 사다 마음 편히 마시고, 잠들었다. 우울증과 함께 불면증도 시작됐기에 나는 1년 이상 제대로 자지 못하는 상황이었다. 새벽녘 소주 반병이면 절대 오지 않을 것 같던 잠이 마술처럼 포근히 내려왔다.

가끔씩 혹시 내가 술을 너무 많이 마시는 건 아닐지 궁금했다.

'남들도 나만큼 마시나?'

술자리에서 사람들과 이야기를 나눠 보면 분명 내가 평균보다 많이 마시는 건 사실이었다. 그렇지만 간혹 나보다 훨씬 많이 마시는 사람도 있었다. 나는 결론지었다.

'그래. 나는 술을 좀 많이 좋아할 뿐이지. 숙취 때문에 가끔 힘들긴 하지만 그렇다고 할 일을 하지 않는 것도 아니니까.'

사실 어떤 행위에 대해 혹시 문제가 있는 건 아닌지 스스로 생각하기 시작했다는 것은 이미 실제 삶에서 어느 정도 문제가 진행됐다는 방증이기도 하다. 정신적으로나 신체적으로 '증상'을 느낀다는 건 문제가 가시화됐다는 뜻이니까. 혹시나 하는 마음에 인터넷에서 알코올 의존증 자가 진단을 해 봤다.

'얼마나 자주 술을 마시는가?' 주 4회 이상. '술을 마시면 한 번에 몇 잔 정도 마시는가?' 소주 7~9잔 이상……. 점수를 합산해 보면 나는 의심의 여지없는 '입원 치료가 필요한 알코올 의존증 환자'였다. 그러나 나는 결과를 믿지 않았다.

'에이. 기준이 너무 비현실적이잖아. 이 기준대로라면 우리나라에 의존증 아닌 사람이 어디 있겠어?'

스물네 살이 되면서, 나는 여전히 해결되지 않는 불안감과 우울증에 대한 관리의 필요성을 느껴 다시 주기적으로 병원을 다니기 시작했다. 우연히 알게 된 그 병원은 사무적이고 냉소적인 태도를 보인 이전 병원들과 달리 환자의 이야기를 아주 친밀하고 수용적인 태도로 들어 주는 곳이었다. 덕분에 나는 어디서도 말하지 못했던 내 오랜 자괴감, 치부, 진짜로 느끼는 감정을 쏟아 놓을 수 있었고, 수치스러워 감춰 둔 음주에 대한 이야기도 처음으로 꺼낼 수 있었다.

그렇게 몇 달이 흐른 어느 날, 늘 듣기만 하던 선생님이 입을 열었다.

"술부터 끊어야 할 것 같네요. 계속해서 노력하는데도 줄이지 못하고 있죠? 조절해서 마실 수 없는 상황이라면, 그건 알코올 의존증이에요."

그 말을 시작으로 선생님은 알코올 의존증 증상에 대해 한참을 이야기했지만 아무것도 귀에 들어오지 않았다. 인터넷에 떠도는 자가 진단 결과야 조금 불안하긴 해도 쉽사리 무시할 수 있었지만 내 앞에 실존하는 전문가의 입에서 나온 진단은 그럴 수 없었다. 내가 중독이라고? 알코올 의존증은 사업에 실패한 40~50대 아저씨들이나 걸리는 거 아니야? 당시 나에게 알코올 의존증 환자라는 단어는, 서울역 앞에서 지저분한 몰골을 하고 적개심 가득한 눈빛을 보이며 술병을 쥐고 앉아 있는 사람들에게나 어울리는 말이었다. 고작 스물네 살에, 그 누구보다 인생을 열심히 사는 내가 알코올 의존증이라고? 도저히 받아들여지지 않았다. 내가 생각하는 나는 문자 그대로 어리고, 멀쩡했다. 알코올 의존증은 나에게 전혀 어울리지 않는 수식어였다. 나는 혼란스러웠고, 적잖은 충격을 받았다.

하지만 사람이란 정말 재미있는 동물이 아니던가. 충격과 수용은 완전히 별개의 일이었다. 나는 그날의 충격마저 친구들을 만나 술을 마시는 것으로 풀어 버렸다.

정말 괜찮은 사람은 굳이 괜찮다고 변명하지 않아

쉽게 받아들이기 어려운 충격적인 일이 도래했을 때 인간은 부정하고, 분노하고, 타협하고, 우울해하다가 결국에는 수용하는 단계를 거쳐 회복하고 성장한다. 이른바 '분노의 5단계'로, 임종 연구 분야에서 시작돼 현재는 임종 외에도 충격적인 일을 받아들이는 인간의 태도를 설명할 때도 쓰이곤 한다.

알코올에 의존한다는 사실을 수용하는 데도 비슷한 단계가 존재했다. 알코올 의존증 진단을 받은 이후 나는 병원에 발길을 끊었다. '알코올 의존증은 질병이니 치료받아야 한다'는 생각보다 최선을 다해 살아온 대가가 고작 이것인가 하는 억울함과 패배감에 깊게 물들었기 때문이다. 아무리 생각해도 나는 중독자 같지 않았다.

'술을 좀 많이 마실 뿐인데 고작 그걸 가지고 중독이라고 한단 말이야? 알코올 의존증 환자가 어떻게 이렇게 완벽하게 자기 할 일을 해내느냐 말이야. 선생님이 오버한 거야!'

진단을 부정하는 것으로 나의 긴긴 중독 여정이 시작됐다. 나는 학업에도 일에도 강박에 가까운 열정을 쏟아냈다. 중독자가 아니라는 것을 증명하기 위해 내가 선택한 방법은 뭘 하든 좋은 성과를 내는 일이었다. 알코올 의존증 환자라면 분명 자기 앞가림 하나 제대로 하지 못할 테니, 뭐든 완벽하게 해내면 알코올 의존증이 아니라는 것을 증명하는 셈 아닌가! 나는 '좋은 성과'에 집착하는 결과 지향적 사고방식을 갖게 됐다. 해야 할 일을 30분 단위로 적어 놓고 하나라도 지연되거나 건너뛰는 일이 없도록 신경을 곤두세웠다. 완벽한 겉모습을 유지하기 위해 많은 시간을 운동에 쏟고, 음식을 조절했다.

그런 노력은 주변 사람들의 눈에 비친 나를 완벽주의자로 만들어 줬다. 학업이든 업무든 나는 기한을 어기거나 부족한 성과를 내는 경우가 거의 없었다. 사람들과 새벽까지 술을 마시고도 아침이면 누구보다 멀쩡한 모습으로 나타났다. 나를 보며 사람들은 감탄했다.

"역시. 술이 문제야? 사람이 문제지. 애처럼 하면 술 좀 마신다고 누가 뭐라고 하겠어? 일도 열심히 해, 공부도 열심히 해, 심지어 그 와중에 몸매도 유지하잖아. 다 의지 문제라니까."

이런 식의 엇나간 칭찬은 환자라는 낙인을 외면하려 갖은 애를 쓰는 나에게 커다란 위안이 됐다.

'그래, 술 마시는 게 문제가 아니야. 술 마시고 어떻게 행동하느냐가 문제지. 나는 주사도 부리지 않고 실수도 안 하고 일을 그르치는 법도 없어. 오히려 술자리에서 만난 사람들 덕분에 일도 많이 배우고 인맥도 쌓고 좋은 이야기도 나누잖아. 이게 요즘 같은 세상에서 살아나는 방법이지. 몸도 아주 멀쩡해. 대신 운동도 음식 조절도 열심히 하잖아. 잔병치레가 많은 건 너무 바쁘게 살고 있어서야. 열심히 살면 이 정도 스트레스는 없을 수가 없지.'

나는 스스로 멀쩡한 사람이라는 걸 증명하는 데 너무 많은 시간과 에너지를 쏟았다. 그러나 진짜로 멀쩡한 사람이라면 그토록 자신을 증명하기 위해 노력할 필요가 있을까? 자기 자신에게 끊임없이 괜찮다고 말하며 어르고 달래는 이유는 전혀 괜찮지 않다는 걸 스스로 명확히 알고 있기 때문이다. 나는 멀쩡하지 않았기 때문에 계속해서 자신을 어르고 달래야 했고, 나 자신을 포함한 모든 사람에게 그 사실을 증명해야 했던 것이다.

아무리 노력해도 불안감이 잠재워지지는 않았다. 격렬한 부정은 어느덧 분노로 변했다. 대체 누가 나를 이런 까마득한 중독의 늪에 빠뜨린 걸까. 왜 내 인생은 다른 사람들의 인생처럼 순탄하게 흘러갈 수 없는 걸까. 이해할 수 없고 화가 치밀었다.

그 무렵 나의 술 문제는 걷잡을 수 없는 단계에 접어들고 있었다. 취하지 않고는 도저히 잠이 오지 않아 결국은 술을 마실 수밖에 없었고, 술 약속이 없는 밤에는 도대체 뭘 해야 할지 몰라 안절부절못하다가 억지 약속이라도 만들어 밖으로 나갔다. 알코올 의존증 환자같이 느껴지는 것이 싫어 혼술만큼은 자제해 보려 해도 쉽지 않았다. 술을 마시지 않는 시간은 극도의 불안감에 휩싸였다. 음주를 조절할 수 없으니 반드시 끊어야만 한다는 의사의 말을 들은 이후 나의 조절 능력은 지속적으로 하향 곡선을 그렸고, 곡선의 기울기는 점점 가팔라졌다.

수없는 분노에도 상황이 바뀌지 않자, 나는 스스로와 타협을 시도했다. 그렇게까지 불안해할 필요가 없다고 나 자신을 설득하는 것이었다. 나는 거울을 바라보며 괜찮다고 말하곤 했다.

'어떻게든 이 상황을 벗어날 방법을 찾을 수 있을 거야. 아직 많이 늦진 않았어. 최악은 아니야. 괜찮아.'

거울 속의 나는 애써 입꼬리를 올리고, 미간을 펴 보려고 애썼다.

어느 날 아침, 문득 욕실 거울에 비친 내 모습을 찬찬히 뜯어봤다. 기억이 사라진 어젯밤, 엉엉 울었는지 눈이 말도 못하게 부었고, 눈 밑은 화장이 번진 듯 퀭했다. 몸은 만성 탈수로 맥이 빠진 식물처럼 축 늘어져 보기 흉했다. 내 머릿속에 타협의 목소리가 울렸다.

'괜찮아. 마시는 양에 비하면 너무나 멀쩡한걸.'

그 목소리는 나로 하여금 현재와 타협하게 하고, 내가 알코올 의존증 환자라는 사실을 받아들이는 척 술을 더 마시게 만들었다.

해야 할 일은 너무나도 단순하고 분명했다. 전혀 괜찮지도 멀쩡하지도 않다는 사실을 인정하고 내가 병들었음을 받아들이는 것. 어떤 문제도 부정하거나 가린다고 없는 일이 되지는 않는다. 오히려 1분 1초라도 빨리 문제임을 선언하고 해결 방법을 고안해 내는 것이 가장 확실한 답이다. 알코올 의존증도 예외는 아니다. 그러나 나는 내게 문제가 있다는 사실을 인정하는 대신 문제를 꽁꽁 감추고 비밀스러운 사람이 되는 쪽을 골랐다. 그 선택은 헤아릴 수 없이 멀리 돌아가는 길의 시작점이 되고 말았다.

적어도 나는 저 지경은 아니잖아?

우리는 스스로 썩 괜찮은 인간이라는 사실을 증명하기 위해 나보다 못하다고 여겨지는 사람과 자신을 비교하며 못난 '정신 승리'를 하곤 한다. 나 역시 알코올 의존증임을 인정하지 못해 나보다 술 문제가 심한 사람들을 찾아 나의 상대적 우월성을 증명해 보이는 방법을 택했다.

거의 매일 술자리를 가졌기에 비교 대상을 찾고 분석하는 일이 전혀 어렵지 않았다. 술자리마다 '못난 놈'은 한두 명 있게 마련 아닌가. 술만 마시면 우는 사람, 인사불성으로 목소리를 높이는 사람, 앞사람의 말마다 트집을 잡아 끝내 말싸움을 벌이는 사람, 툭하면 화내는 사람, 자기 집이 어딘 줄도 모르고 길바닥에 누워 자는 사람 등. 술에 취해 적절하지 못한 행동을 하는 사람은 차고 넘쳤다.

A는 쾌활하고 유머러스한 친구였다. 머리가 비상하고 어떤 순간에도 사람들을 웃기는 재주가 있었다. 그녀 특유의 유머는 술자리에서 더욱 각광을 받았다. A가 입을 열 때마다 사람들은 눈물을 흘릴 정도로 웃어 댔다. 모든 사람이 A를 좋아했고 그녀가 참석한 모임은 너도나도 함께하고 싶어 할 정도로 인기가 좋았다.

그러나 그녀에게는 첫사랑으로 인한 남모를 슬픔이 있었다. 나와 둘이서만 만날 때면 A는 이미 끝난 지 몇 년이 된 이별의 슬픔과 상처를 떠올리며 술을 지나칠 정도로 들이부었다. 그녀가 과거 이야기를 할 때마다 나는 '이미 딱지가 앉은 상처를 굳이 긁어서 도로 피를 내는 것과 뭐가 다르지' 하고 생각했다. 그러는 나 자신도 매일 옛 기억을 꺼내고, 원망하며 술을 마시는 주제에.

나는 가만히 이야기를 들어 주다가 적절한 타이밍에 동의의 제스처와 심심한 위로의 말을 건넸다. 울고 술을 마시고, 또 울고 또 술을 마시고. 나는 그냥 그녀의 속도에 맞춰 잔을 부딪치고, 술을 마셨다.

내 머릿속에서 이어지는 생각은 전혀 모르고, A는 늘 나로부터 많은 위안을 얻는다며 고마워했다. 지나간 기억을 부여잡으며 상처를 헤집고, 과거를 핑계 삼아 술을 지나치게 마시는 그녀를 보며 나는 묘한 우월감을 느꼈다. 술에 잔뜩 취해 망가진 얼굴로 100번도 더 했던 말을 다시 쏟아 내는 그녀를 보며 나는 속으로 생각했다.

'에휴. 오늘도 택시에 인사불성으로 누워서 가시겠군. 이번

에도 돈 한 푼 안 내고 가겠지. 내일이면 아무것도 기억이 안 난다며 몸이 아프다고 투덜댈 거고.'

나는 그녀를 불쌍하게, 동시에 한심하게 여겼다. 그리고 그녀에게서 '그래도 내가 이 친구보다는 낫다'는 작은 위안을 찾았다. 나는 적어도 A처럼 행동하지는 않으니 알코올 의존증 환자가 아니라는 결론에 도달할 때면 안도감을 느꼈다.

일부러 나보다 문제가 많은 사람과 매일같이 만나고, 그들을 한심해하거나 불쌍하다고 여기며 상대적 우월감을 느끼고, 알코올 의존증 진단 체계의 허점을 비판하는 동안 나의 에고(ego)는 무럭무럭 자라났고, 오만함도 걷잡을 수 없이 커졌다. 나의 뇌, 아니 중독에 빠진 상태에서 내 행동을 관장해 마치 또 다른 인격처럼 생각하고 행동하도록 만드는 '중독 뇌'의 기만적이고 교묘한 전략 덕분에 나는 알코올을 마음껏 마셔도 좋다는 승인을 받은 듯 점점 더 많은 술을 마셨다. 자라나는 오만함의 크기만큼 나의 중독도 깊어지고 있었다.

겁쟁이의 페르소나

사람은 누구나 타인에게 들키고 싶지 않은 약점이나 치부를 가지고 있다. 그 치부를 받아들이고 살아가는 사람도 있고, 역으로 자신만의 개성과 장점으로 승화시키는 사람도 있다. 반면에 약점을 전혀 수용하지 못하고 혹여라도 남들에게 들킬까 두려워하며 철저하게 감추고 살아가는 사람도 있다. 나는 인생의 대부분을 후자로 살았다.

어린 시절, 내가 가장 두려워한 것은 어른에게서 '옳지 않다'는 평가를 듣는 상황이었다. 그렇다 보니 어떤 행동을 하기 전부터 온갖 예측과 최악의 시나리오가 머릿속에 자동으로 떠올랐다.

'틀린 정보를 발표하면 어떡하지? 선생님에게 혼나고 아이들에겐 놀림감이 될 텐데', '밥풀을 흘려서 상이 더러워지면 어떡하지? 아버지한테 혼날 텐데', '나쁜 성적을 받으면 부모님이 실망하겠지?' 등.

남의 평가를 너무나도 두려워한 나머지 나는 곧잘 거짓말을 했다. 국어 시간에 칭찬받고 싶어서 남의 동시를 베껴 내고는 내가 지은 것처럼 거짓말한 게 고작 여덟 살 때의 일이다. 작은 실수라도 하면 내가 하지 않은 척, 좋지 않은 결과가 나와도 내가 부족해서 일어난 일이 아닌 척했다. 내게 있어 어른을 실망시키는 일은 재앙이었다. 그런 마음이 나를 아주 소심하면서도 예민하고 눈치 빠른 아이로 만들었다.

아이러니하게도 성인이 돼서는 역으로 겉모습과 태도를 과장하기 시작했다. 겁먹어 떨고 있는 '진짜 나'를 숨기려는 전략이었다. '평가할 테면 평가해 보라'는 비뚤어진 태도를 표출했다. 가슴골이 드러나는 상의나 지나치게 짧은 스커트를 입는다든지 화려한 화장과 네일 아트를 하고 눈에 띄는 액세서리를 착용하는 식이었다.

만만해 보이지 않으려는 나의 노력은 부적절한 행동을 통해서도 드러났다. 술의 도움을 받으면 없던 용기가 샘솟았다. 논리를 가장한 말싸움으로 상대방의 자존심에 상처를 입힐 수 있었고, 나에게 조금이라도 관심을 보이는 사람이라면 아무 감정도 없는 관계를 갖기도 했다. 알코올은 소심함 때문에 억눌려 있던 분노와 자기 표출의 욕구를 폭발시켰고, 어리석고 위태로웠던 나는 해방감을 맘껏 누렸다.

강해 보이고 싶었던 나는 술과 담배를 더욱 적극적으로 이용했다. 당시 나에게 술과 담배는 '당신의 평가 따위는 두렵지 않다'는 태도의 상징이었다. 담배를 하루 한 갑 넘게 피웠고, 술자리의 누구에게도 지지 않겠다는 마음으로 술을 마셨다.

압력밥솥처럼 팽창한 분노를 터뜨릴 기폭제로, 그리고 긴장감이 극에 달해 쓰러질 것 같거나 두려움으로 심장이 바들바들 떨릴 때 진정제로도 손색이 없었다. 그것들에 취해 있으면 무엇도 무섭지 않았다. 그 말은 반대로 술, 담배가 없으면 아무것도 하지 못한다는 뜻이기도 했다. 그렇지만 그게 무슨 대수일까? 성인이 된다는 건 자유 의지로 술과 담배를 소비할 자격을 얻는다는 의미였다. 누구도 내 행동이 잘못됐다고 문제를 제기하거나 어떠한 목적으로 그것들을 이용하는지 궁금해하지 않았다. 중독의 위험성은 이 물질들을 구하기가 너무나도 쉽다는 사실에 옅게 희석되고 말았다.

어느 순간 나는 술과 담배를, 특히 술을 진심으로 좋아하게 됐다. 어른들이 늘 말했던 '술맛'을 알게 된 것이다. 술을 들이켜면 머리가 핑 돌며 마음이 안정됐다. 어쩐지 계속해서 깔깔 웃음이 나는 들뜬 기분, 소심한 나를 숨기며 한숨 돌릴 때의 안도감, 대담함, 해방감, 사람들과 연결되는 느낌…… 모든 것이 술이 주는 종합 선물 세트였다. 건강에 대한 걱정이나 경각심, 술과 담배를 줄이거나 끊어야 할 필요성은 그런 느낌에 서서히 자리를 내어 주다 결국 흔적도 없이 사라졌다.

알코올 중독자이자 계획 중독자

그 무렵 나는 알코올 '중독자'이기도 했지만 동시에 계획 '중독자'이기도 했다. 학업과 일을 병행하느라 빈틈없이 빽빽하게 채운 스케줄러가 그 사실을 증명했다. 정말 할 일이 많기도 했지만, 지나치게 세부적인 계획이 날 더 바쁘게 만들었다. 나는 종종 숨쉬기도 버거울 정도로 스트레스를 받아 패닉 상태에 휩싸이곤 했다. 나는 점점 더 예민해졌고, 술 없이는 잠들 수 없는 불면의 밤이 이어졌다.

잠깐 바쁘지 않거나 지쳐서 쉴 때면 스트레스보다 더 큰 불안이 엄습해 왔다. 계획이 불명확하거나 만날 사람이 없다는 건 뒤처졌거나, 무언가를 놓치고 있거나, 사람들이 날 좋아하지 않거나, 일이 잘못되고 있다는 신호처럼 느껴졌다. 불안을 피하고 싶었던 나는 쉬어야 할 때조차 스케줄러에 억지로 무언가를 채워 넣으려 노력했다. 일정으로 꽉 찬 다이어리는 스트레스와 안도감이라는 두 가지 이질적인 요소가 뒤엉켜 있는 내 머릿속만큼이나 어지럽고 지저분했다.

나는 가히 성취 지향적인 인간이었다. 부모님에게 자랑스러운 인물이 되지 않으면 세상을 살아가는 의미가 없다고 여겼기에 점점 더 성과에 집착했다. 주변 사람들과 스스로를 비교하며 '뭐 하나라도 나은 사람'이 되기 위해 노력했다. 성적이든, 성과든. 다 안 되면 몸매라도.

나는 자신을 24시간 남들과 비교하고 있었지만, '경쟁보다 협력이 더 중요하지!', '수직적인 위계 구조는 불공평해'라고 말하면서 겉으로는 경쟁이나 시기 질투 같은 것과 전혀 거리가 먼 사람처럼 꾸며 냈다. 자만과 위선은 착실히 그 힘을 길러 가고 있었다. 나보다 못하다고 여기는 사람은 은근히 무시하거나 깔봤고, 무엇이든 나보다 많이 가진 사람 앞에서는 한없이 위축됐다. 그들을 부러워하는 동시에 흠집을 찾아내기 위해 열을 올렸다. 또 그들의 성취를 노력이 아닌 타고난 것으로 치부하며, 불공평한 세상에 대한 불평을 쏟아 냈다.

사회 구조가 요구하는 대로 경쟁하고 질투하는 동안, 나는 서서히 나 자신을 잃어 갔다. 내가 왜 사는지, 진정 어떤 삶을 살고 싶은지는 외면한 채 철저하게 사회의 기준에 부합하는 방향으로 내달렸다. 부와 명성, 유명세, 평균 이상의 외모, 그리고 그것들을 이뤄 냈을 때 받을 남들의 부러워하는 눈빛과 칭송. 나를 우월하게 만들어 줄 그 모든 것을 갈망하며 하루하루를 치열하게 보냈다. 그런 관념으로 바라보는 인생은 즐겁지도 행복하지도 않았다. 매일이 그저 남들보다 조금 더 잘난 사람이 되기 위한, 끝나지 않는 싸움일 뿐이었으니까. 그리고 싸움에서 겨우 살아남은 하루 끝에는 편의점에 들러 알코올과 니코틴이라는 값싼 전리품을 들고 집으로 돌아왔다.

세상을 전쟁터로 바라보면 태생적인 외로움과 어두움, 아무리 비워 내도 매일 새롭게 차오르는 혼란을 누구도 온전히 이해해 주지 못한다고 느낄 수밖에 없다. 사람들에 둘러싸여 있어도 혼자라는 생각이 들 뿐이다. 내 삶의 주도권은 다른 사람과 있을 때면 사회 구조에, 우월주의에, 결과 지향적 태도에 잠식당하고 혼자 남겨질 때는 술에 양도됐다. 술 말고는 위안이 없다고 느끼는 것은 어찌 보면 당연했다.

삶의 주인 자리를 뺏긴 줄도 모른 채 나는 천천히 바스라지고 있었다.

애주가일까, 중독자일까

알코올 의존증이라고 진단받은 이후로도 오랫동안 나는 중독 사실을 인정하지 않았다. 대신 '합리적 의구심'을 내세워 낡은 의학 시스템을 비판하고, 전문가의 영역을 제멋대로 침범하고 판단했다.

'어떻게 정형화된 기준만으로 중독 여부를 알 수 있단 말이지? 심지어 알코올 의존증 진단에는 의사의 주관적인 판단도 개입하잖아. 세상은 빠르게 변하고 의학 기술은 진보하는데, 알코올 의존증을 진단하는 시스템은 너무 옛날 것일 수도 있잖아.'

진단 초기에는 반항심의 일환으로 더 자주, 더 많은 술을 마시며 내가 아무리 술을 마셔도 망가지지 않는다는 것을 보여 주려 애썼다.

매번 밤늦게까지 술을 마시고도 절대 지각하지 않으니 중독자가 아니다. 일과 학업을 병행하면서도 좋은 성적을 유지하므로 중독자가 아니다. 술자리에서 절대 주사를 부리지 않고, 모두가 취해도 나만큼은 흐트러진 모습을 보이지 않으니 중독자가 아니다…….

증명은 끝도 없이 이어졌다. 그러면서 '나는 애주가이지 중독자는 아니야'라는 생각을 굳혀 갔지만, 누구를 위한 증명인 지는 알 길이 없었다.

증명의 또 다른 방법으로 가능한 한 비싼 술을 마시려고 노력했다. 쉽게 구할 수 있고 저렴한 소주나 맥주는 험악한 이미지의 중독자를 떠오르게 만들지만 비싼 술을 우아하게 홀짝거리는 모습은 품위 있는 삶을 누릴 줄 아는 애주가를 연상시키니까. 경제적 어려움에 허덕이면서도 사람들과 만나면 되도록 와인이나 보드카 같은 고급술을 마시려고 했다.

애주가임을 증명하기 위해 전보다 월등히 많은 술을 마시는 동안 내 몸은 빠르게 악화됐다. 온종일 누워 있는 것 말곤 할 수 있는 일이 없는 날이 점점 늘었다. 숙취 때문에 할 일을 못하는 이들을 혀를 차고 비난하며 난 그런 사람들과 다르다고 자신했건만, 한심하다고 여겼던 바로 그 사람이 되는 날이 늘고 있었다.

사람들 앞에선 여전히 멀쩡한 척했지만 혼자 있을 때의 나는 엉망으로 흐트러졌다. 애주가의 영역을 한참 벗어난, '이것이 중독자의 삶이구나' 싶은 순간과 자주 조우했다.

술을 마시고 오열하고, 배달 음식을 잔뜩 시켜 먹은 후 토하고, 헤드셋을 쓰고 술을 병째 들고 마시며 미친 사람처럼 춤을 추고, 5분에 한 번씩 담배를 피우고, 커뮤니티에 익명으로 말도 안 되는 글을 쓰고, 분노하고, 기억을 잃고…….

아침마다 후회로 얼룩진 채 일어났다. 차라리 죽는 편이 나을 법한 진한 숙취에 시달릴 때면, 제발 오늘 저녁엔 술 생각이 나지 않길 기도했다. '이렇게 사는 건 삶이 아니야, 이제는 정신을 차리고 제대로 살아야지' 하는 다짐으로 근근이 하루를 버텨 냈다.

괴롭고 뜨거운 속을 게워 내고, 시간이 지나면 숙취가 잦아들었다. 오후 네 시. 그제야 속이 좀 편안해지며 겨우 숙취의 악령에서 벗어난 느낌을 받았다.

'어휴, 이제 살 것 같네.'

슬슬 기분도 나아지고 배도 고팠다. 기다렸다는 듯이 스멀스멀 술 생각이 올라왔다.

'집에 가서 한잔할까?'

세차게 고개를 저었다.

'안 돼. 요즘 너무 많이 마시잖아. 그렇게 마시고도 또 술 생각이야? 징하다 징해.'

그 와중에도 손가락은 이미 메신저 대화 목록을 뒤졌다. 적절한 핑계를 찾고 있을 때 친구나 지인으로부터 연락이 왔다.

"오늘 뭐 해?"

"오늘? 나 별일 없어."

"그럼 한잔할래?"

"좋지. 어디서 만날까?"

온종일 했던 다짐은 한잔하자는 제안에 흔적도 없이 사라졌다. 약속 장소에 나가면서 나름의 다짐을 했다.

'오늘은 절대 과음하지 말고, 술자리에서 딱 끝내자. 집에서 혼자 2차는 안 하는 거야. 기분 좋은 정도로만 마시자. 집까지 두 정거장 정도 걸어가면 술도 좀 깨고 내일 숙취도 심하지 않을 거야.'

친구를 만나 흥미로운 대화를 나누며 시간 가는 줄 모르고 술을 마셨다. 늦은 저녁, 내일을 위해 아쉬운 마음을 뒤로하고 친구와 헤어졌다. 이 시간은 '중독 뇌'가 영혼을 지배하는 시간이기도 하다.

'별로 마시지도 않았네. 오늘은 천천히 마셔서 그런가 봐. 이 대로 누우면 절대 잠이 오지 않을 텐데. 그러고 보니 친구랑 이야기하느라 밥도 거의 못 먹었잖아. 간단하게 뭐라도 먹으면서 소주나 조금 더 마시고 일찍 자자.'

편의점에 들러 요깃거리와 소주 한 병을 샀다. 집으로 들어와 음식을 깨작대며 소주 한 병을 비웠지만, 원하는 만큼 취기가 오르지 않아 아쉬워졌다. 그때 '마침' 어제 냉장고에 넣어 둔 소주 반병이 떠올랐다. 결국 그걸 꺼내 마셨다. 나머지 기억은 없다.

그 후에는? 후회와 수치심으로 눈을 뜨고, 똑같은 하루를 반복했다. 제발 오늘은 술 생각이 나지 않기를 바라면서. 날이 갈수록 '중독자가 아닌' 애주가인 나에 대해 증명할 수 없게 됐다.

나처럼 '난 애주가지, 알코올 의존증은 아니다'라고 말하며 구구절절 이유를 설명하는 사람들이 있다. 사실 알코올 의존증이 아님을 증명할 방법이 딱 한 가지 있다. 당장 술 마시기를 그만두는 것이다. 중독이 아니라면 언제든 술잔을 내려놓아도 아무렇지 않을 테니까. 눈앞의 술잔을 치우지도 못하면서 어떻게

든 다른 방식으로 증명하려는 행동은 가없은 발버둥과 정신 승
리에 불과할 뿐이었다.

'알코올 인격' 주연의 호러 영화

혹시 내가 이중인격 혹은 다중 인격이 아닐까 생각해 본 적이 있는가? 전혀 나답지 않은 행동을 하거나 새로운 내 모습을 발견했을 때, 특정 상황에 놓이면 평소와 정반대의 성격이 드러날 때 등 말이다. 사람은 누구나 필요에 따라 다른 사람처럼 행동한다고 한다. 몇 가지 성격을 조합하기도 하고, 분리하기도 하면서 상황과 필요에 따라 교체한다는 것이다. 그렇지만 보통 '나'라고 부르는 기본적인 인격 혹은 중심 인격은 존재한다. 그렇기에 다른 성격이 나타나면 '나답지 않다'거나 이질적인 느낌을 받는 것이다.

우리가 보통 다중 인격이라 부르는 '해리성 정체 장애'는 여러 정신적 충격으로부터 자신을 보호하기 위해 새로운 인격을 만들어 내는 병이다. 특정 인격이 전면에 나서는 동안 환자는 자신에게 벌어지는 일을 전혀 모르는 경우가 대부분이다.

술을 마시고 기억을 잃는 일이 많아지면서 나는 마치 해리성 정체 장애가 있는 사람처럼 행동하기 시작했다. 보통 술을 마시면 말도 행동도 어눌해지지만 내 경우는 달랐다. 약간 취해 보일 뿐 말도 잘하고 몸도 멀쩡히 움직였는데, 기억은 통째로 사라지는 것이었다. 같이 술자리에 있었던 사람들이 하는 말을 들어 보면 내가 감명 깊은 이야기를 하기도, 앞에 있는 사람을 위로하기도 했으며, 취한 사람들을 택시에 태워 먼저 보내기까지 했다는 걸 알 수 있었다.

일명 '필름이 끊기는 것'과는 양상이 너무나 달랐기에 나는 무서워졌다. '알코올 인격'이 내 몸을 빌려 행동하다가 숨는 것 같았다. 게다가 기억이 통으로 사라졌는데도 멀쩡한 사람처럼 행동했다는 점이 나를 더욱 소름끼치게 했다. 그만큼이나 타인의 눈에 멀쩡해 보이는 것을 중요하게 여긴다는 의미였으니까. 외부의 부정적인 평가로부터 나를 지켜 낼 새로운 인격이라도 만든 것일지도 몰랐다.

나는 사람들과의 모임을 슬슬 꺼리게 됐다. 술자리에서 자꾸 기억을 잃어버리는 것이 두렵기도 했고, 멀쩡해 보이려 에너지를 쓰는 일에도 지쳤다. 술자리 자체에 흥미를 잃었기 때문이기도 했다. 사람들의 속도에 맞춰 마시면 내가 원하는 만큼 취할 수가 없었다. 게다가 폭식과 구토 습관이 여전히 남아 있어서, 다른 사람과 있는 동안 음식에 대한 갈망이 올라올까 봐 항상 불안했다. 나는 더더욱 혼자 술을 마시는 걸 선호하게 됐다.

익히 알려진 대로 잦은 혼술은 여러모로 부정적인 결과를 낳는다. 마시는 속도가 빨라서 주량보다 더 많은 술을 마시게 되고, 쉽게 취하기에 자제력이 부족해지는 데다가 제동을 걸 사람이 없어 사고의 위험성도 함께 높아진다. 알코올 의존증 환자가 되기에 가장 쉽고 빠른 방법이다. 혼술의 위험성에 대해 종종 생각했지만, 퇴근길이면 몸은 반자동 시스템처럼 편의점에 들러 술을 집어 들고, 계산대에 내려놓고, 술이 담긴 봉지를 덜렁덜렁 들고 집으로 돌아왔다.

혼술이 잦아지면서 일명 '알코올 인격'이 한 일을 전혀 기억해 내지 못하는 경우가 더욱 많아졌다. 문제는 그 인격이 자기만의 '고유한 행동'을 시작한 것이었다. 그 인격은 편의점에 술을 사러 가서는 카드 기록이 남지 않도록 현금으로 계산한다거나, 술과 함께 배달 음식을 시킨 뒤 음식은 모조리 음식물 쓰레기 봉지에 담아서 버린다거나, 술에서 깬 내가 전날 마신 술의 양을 눈치챌 수 없도록 재활용 분리배출까지 완벽하게 한다거나, 밤새 누군가와 이야기하고는 채팅방을 나와 버려서 무슨 말을 주고받았는지 단서조차 찾을 수 없게 하는 식이었다. 물론 이것도 다 추측일 뿐, 실제로 무슨 일이 일어났는지 정확하게 알 수는 없었다. 술에서 깬 나는 취한 내가 무슨 짓을 했는지

도저히 알 길이 없었다. 그는 나에게 뭐든 숨기려 노력했고, 소름 돋도록 완벽하게 그 일을 해냈다.

호러 영화 뺨치는 생활이 반복되자 나는 두려움과 함께 경각심을 느꼈다. 내 인격이 술로 인해 둘로 분리되는 듯하자, 어떻게든 술을 끊어야 한다는 일념으로 나름 여러 가지 시도를 했다. 알코올 의존증 및 식이 장애 관련 책을 찾아 읽고, 유용해 보이는 방법들(명상하기, 일기 쓰기, 나에 대한 글쓰기 등)을 시도했다. 알코올의 위험성에 대해서 지속해서 리마인드했다. 인터넷이나 책에서 마음에 와닿는 구절이나 꼭 기억해야 할 정보를 발견하면 메모지에 써서 책상과 벽면에 다닥다닥 붙였다. 잘 보이는 곳에 붙여 놓고 자주 읽으면 도움이 되지 않을까 하는 생각이었다. 나는 가능한 한 큰 노력을 기울였다. 그렇게 매일 아침 시도하고, 매일 저녁 실패하기를 반복했다.

실패를 반복하던 어느 날 아침, 눈을 뜨니 책상과 벽면에 잔뜩 붙인 메모지가 깨끗하게 사라져 있었다. 집에 남자 친구나 손님이 올 때만 잠시 떼어 서랍에 넣어 두곤 했는데, 어디에도 보이지 않았다. 문득 쓰레기통을 열어 보니 메모지들이 갈기갈기 찢긴 채 버려져 있었다. 메모지 조각을 보고 있자니, '알코올 인격'이 '맨 정신인 나'에게 이런 걸로 날 없앨 수 있을 것 같냐며 화를 내는 것 같았다. 어떻게든 술을 끊어 보려는 의지를 꺾으려는 의도가 선명하고 날카롭게 전해졌다.

하루는 지독한 숙취를 끌어안고 일어나자 책상에 편지 한 통이 놓여 있었다. '술에 취한 나'가 쓴 편지였다. 술에 취하지 않았다는 것을 증명하려는 듯 꾹꾹 눌러썼지만 어쩔 수 없이 비틀거리는 글씨체로 나는 이렇게 말하고 있었다.

'너처럼 똑똑하고 유능하고 또 누구보다 열심히 사는 애가 스트레스를 풀겠다고 술 좀 마시는 게 뭐가 그렇게 나빠? 남들은 아무 죄책감 없이 즐기면서 사는데 왜 너만 그렇게 자신에게 가혹하게 구는 거야? 그냥 술 마셔도 괜찮아. 자신에게 너무 엄격하고 혹독하게 굴지 마. 그러니까 네가 늘 외롭고 혼자라는 느낌에 우울해지는 거야. 이제 좀 내려놓고 살아.'

갈지(之) 자를 그리면서도 필사적으로 편지를 써 가며 나를 설득하는 '알코올 인격'의 모습에서는 공포를, 이렇게까지 망가진 나 자신에 대해서는 수치심을 느껴야 했다.

그는 종종 이렇게 편지로 나를 설득했다. 술은 강박적으로 행동하는 나 자신을 조금은 인간답게 만들어 주며, 바쁘고 힘들게 사느라 아무 즐거움도 없는 내 삶에 잠깐이나마 즐거움을 주는 존재라고 했다. 취해서 타인에게 피해를 주지만 않는다면 아무 문제 없다고. 숙취가 걱정이라면 조금만 줄이면 된다며 나를 달래는 날도, 화내는 날도 있었다.

편지로 인해 반복되는 공포와 수치심도 문제였지만 간혹 그 내용에 수긍이 간다는 게 더 문제였다. 그럴 때마다 더 이상 상황을 보고만 있을 수 없다는 경각심이 들었고, 어느 순간부터는 편지를 보지도 않고 갈기갈기 찢어 버렸다. 이제 그만 좀 하라고 울며 소리를 지르기도 했다. 그러자 또 다른 나는 더욱 교묘한 수법을 이용했다. 편지를 책상이 아니라 파우치, 가방 깊숙한 곳, 읽는 책 사이, 심지어 우편함 같은 데 넣어 두는 것이었다. 전혀 예상하지 못한 곳에서 편지를 발견할 때마다 중독을 이겨 내야겠다는 의지가 통째로 뽑혀 나가는 기분이었다. 의지가 부족했던 것 아니냐고? 그 무렵 썼던 일기에 이런 구절이 있다.

'의지 부족이 알코올 의존증의 원인이라면 나는 진작에 술을 끊고도 남았어야 한다. 중독을 끊고자 하는 내 의지는 정말 강하니까. 문제는 내 의지가 부족한 것이 아니라 또 다른 나의 의

지가 훨씬 세다는 데 있다.'

저항할 수 없는 '알코올 인격'의 집념에 나는 점점 체념했고, 결국 설득당하고 말았다. 마치 공포 영화 속 악인에게 완전히 굴복해 버리고 마는 가련한 피해자처럼.

'그래, 아등바등 살아서 뭐 하겠다고. 어차피 틀렸고, 어차피 늦었어. 난 이렇게 술이나 마시다 죽을 팔자야.'

그
누
구
도
모
르
게

종종 가족을 만나러 본가에 들렀다. 본가 방문은 여러 가지 감정을 일으켰지만 나를 무엇보다 불안하게 하는 건 역시나 알코올 문제였다. 부모님은 따로 산 지 오래된 딸이 매일 얼마나 많은 술을 소비하고 있는지 알 길이 없었지만, 큰딸이 술 마시는 모습을 볼 때마다 엄마 얼굴에는 수심이 가득해졌다. 엄마의 그런 표정을 애써 외면하고 싶었기에 나는 이런저런 핑계를 대며 더욱더 발걸음을 줄였다.

아버지도 술을 많이 마시는 편이라 집에 소주나 막걸리가 없을까 봐 걱정하거나 일부러 술을 사 갈 필요는 없었다. 그러나 별생각 없이 본가에 간 어느 날, 냉장고를 체크해 보니 술이 없었다. 나는 불안해졌다.

"웬일로 집에 술이 없어?"

짐짓 아무렇지 않은 척 묻자 엄마가 대답했다.

"요즘 아빠가 술을 줄였거든."

나는 "아, 잘됐네" 하며 무심한 척했지만 속으로는 '망했다' 싶었다. 본가는 대중교통도 다니지 않고, 차로도 시내에서 10분 정도 들어가야 하는 외진 곳이기에 술을 사러 나가기엔 꽤 번거로웠다. 아니, 술을 사러 나가는 건 전혀 귀찮지 않았다. 술만 마실 수 있다면 왕복 20분 운전이 무슨 대수란 말인가? 나를 번거롭게 하는 것은 술을 구하러 굳이 다시 나가는 자신에게 느끼는 엄청난 수치심, 그리고 꼭 술을 마셔야 하느냐는 엄마의 질문이었다.

그 끔찍한 경험 이후 나는 본가에 갈 때면 미리 엄마에게 전화를 걸어 집에 필요한 물건이 없는지 물었다. 마트에 들러 이것저것 사다 달라는 엄마의 말에 나는 속으로 '휴' 하고 안도했다. 술만 덜렁덜렁 사서 들어가는 것보다야 잔뜩 장 본 짐에 '술도' 들어 있는 쪽이 술을 많이 마신다는 이미지도 희석되고 죄책감도 덜했으니까.

나는 아버지와의 대화를 핑계로 집에서도 엄청난 양의 술을 마셨다. 아버지와 나는 술병을 비우며 점점 취해 갔고, 엄마는 옆에서 지켜보며 이제 그만 마시라고 한마디씩 보탰지만 우리는 멈추지 않았다. 그러나 시간이 늦어 가족이 각기 방으로 들어가면 나는 또다시 불안감에 휩싸였다.

거실에 남아 가족들이 잠든 것을 확인한 뒤, 나는 냉장고에 남은 술을 조용히 꺼내고 하찮은 안줏거리와 술잔을 쟁반에 담아 뒤꿈치를 든 채 발소리가 나지 않게 조심조심 2층 방으로 향했다. 이미 아버지와 둘이 소주 대여섯 병을 비우고도 모자라서.

방으로 몰래 올라가는 동안 꼭 이렇게까지 마셔야만 하나 싶은 수치심의 파도가 덮쳐 왔지만, 그 역시 방에 안착하여 문을 잠그고 휴대 전화로 무의미한 예능 프로그램을 보며 소주 한 잔을 들이켜는 순간 조용히 잦아들었다. 나 자신이 쓰레기같이 느껴지면서도 도저히 멈출 수가 없는, 익숙하고도 지독한 매일 밤의 음주였다.

그 누구도 알 수 없게, 가족을 속이고 수치심을 외면하면서까지 계속 들이켜야만 하는 술. 무슨 수로도 메워지지 않는 갈망. 이제야 좀 취하는구나 싶을 때면, 나는 창문을 활짝 열고 담배를 피우며 내 인생의 모든 권한이 술에 넘어갔음을 실감했다. 그러나 별로 슬프지도, 애석하지도 않았다. 술로 온몸을 적셔 온 시간 동안, 나의 감정은 극단적인 것을 빼놓고는 모두 증발한 지 오래였다. 그렇지만 대체 언제까지 이런 식으로 살며 버틸 수 있을까? 알 수 없었다. 가족뿐 아니라 나 자신에게도 점점 비밀이 많아지고 있었다.

중독은 내 잘못이 아니야

나와 같은 중독자와 이야기를 나누다 보면 대부분은 자신이 왜 알코올에 중독됐는지 상세한 일대기를 늘어놓는다. '사춘기 시절 소위 질 나쁜 친구들과 어울리다 보니 마시게 됐다', '성인이 돼 억눌려 있던 고삐가 풀리면서 마구 마시기 시작했다', '술 권하는 직장 분위기 때문에 어쩔 수 없이 마시게 됐다', '영업을 하려니 사람들을 접대해야 해서 안 마실 수가 없었다', '스트레스를 풀 시간이 없어서 자기 전 한 캔씩 홀짝인 게 이렇게 됐다', '어린 시절 아버지가 술 마시는 모습을 답습하는 것 같다', '트라우마가 심하고 상처를 잘 받는 편이라 술에 더 의존하게 됐다', '외롭고 우울할 때 술 생각밖에 나지 않았다' 등.

알코올 의존증 환자들이 중독을 인식할 때 가장 많이 범하는 실수가 바로 이것이다. 알코올 의존증의 원인이 외부에 있다고 믿는 것이다. 나도 내가 알코올 의존증 환자가 된 이유를 2박 3일은 떠들 수 있었다. 내가 태어나서, 나이를 먹고 성인이 되는 동안 나를 스쳐 간 모든 사람, 모든 사건, 모든 선택을 이유로 들먹거리면 되니까. 이 사회의 구성원이라면 누구나 나에게 알코올 의존증을 유발한 원인이 될 수 있었다. 알코올 의존증을 유전으로 물려준 전 세대의 집안 어른들도 원망을 피해 갈 수는 없었다. 술 문제가 거론되면 나는 이렇게 음주를 멈출 수 없었던 이유를 장황하게 늘어놓았다.

내가 가장 많이 써먹은 방법은 '상처'를 운운하는 것이었다. 불우했던 어린 시절, 부모님의 훈육 방식과 그로 인한 상처, 학창 시절 외모로 인한 놀림과 따돌림, 누구에게도 말하지 못한 폭력, 착한 아이 콤플렉스와 우울증이라는 진단명, 여자를 우습게 여기는 사회적 분위기, 나를 슬프게 만든 연인들, 만족스럽지 않은 외모와 경제 상황, 정치, 사회, 미디어, 기성세대 등. 나는 그 모든 것에서 지울 수 없는 상처를 받았다고 주장했다.

나는 '운명의 진흙탕에 빠져 상처투성이로 살아갈 수밖에 없는 가련한 여자'를 내 캐릭터로 삼았다. 지금 상황에서 내 힘으로 고칠 수 있는 일은 아무것도 없다고 철석같이 믿었다. 내 눈에 비친 세상은 성공을 위해서라면 타인의 삶을 처참하게 짓밟을 수 있는 사람들의 것이었고, 나에게는 이 세상의 작디작은 귀퉁이조차 허락되지 않았다고 단언했다.

이 모든 근거에는 결국 책임을 회피하려는 간사한 의도가 숨어 있었다. 알코올 의존증이 오롯이 내 문제임을 인정하면 그에 대한 책임도 온전히 혼자서 져야 하니까. 문제를 인정하고 해결하기 위해 애쓰는 것보다야 전부 내 잘못이 아니라고 말하며 적당한 핑곗거리를 갖다 붙이는 게 훨씬 쉬운 일 아니겠는가? 나는 계속해서 합리화하고, 날 이렇게 만든 세상과 주변 사람들이 함께 나를 책임져야 한다고 외쳤다.

물론 우리가 살아가는 이 세상이 때로 감당하기 버거운 것은 사실이다. 나를 괴로움에 몸부림치게 만드는 외부적 문제도 분명 존재한다. 그러나 술은 결코 본질적인 문제를 해결할 수 없다. 술은 사람으로부터 에너지를 갈취하고, 지적 능력을 잃게 만들며, 현실로부터 도망가게 해 가뜩이나 널려 있는 문제를 더 크게 키울 뿐이니 말이다. 그러나 당시 나는 모든 문제의 책임이 외부에 있다고 진심으로 생각했다. 그리하여 중독을 벗어날 방법이라곤 '술시(중독자가 술을 찾는 시간)'가 돼도 무슨 이유에선지 갑자기 '이젠 더 이상 술을 먹고 싶지 않아'라는 생각이 저절로 떠오르는 것밖엔 없다고 믿었다. 그다음 날엔? 여전히 세상과 현실을 탓하며 술을 사러 편의점으로 향했다. 중독은 내 잘못이 아니라고 굳게 믿으면서.

그래서, 뭐 어쩌라고?

회복을 위한 첫걸음은 중독 사실을 인정하는 데 있다고들 한다. 맞는 말이다. 사실을 인정함과 동시에 환자 본인이 무력감에 젖지 않는다면 말이다. 인정을 계기로 다시 제대로 살아 보려는 사람도 있지만, 오히려 손쓸 수 없는 상태라며 포기해 버리는 사람도 있는 것이다.

중독 사실을 받아들인 후 나는 할 수 있는 일은 아무것도 없다는 깊은 무력감에 빠졌다. 그 긴 시간 동안 왜 중독을 인정하지 않았는지 그제야 알 것 같았다. 내가 생각했던 알코올 의존증 환자의 이미지는 인격적으로 미성숙하고, 비이성적이며, 자기밖에 모르는 구제 불능, 도대체 왜 태어나서 주변에 피해를 끼치는지 이해가 가지 않는 부류였다. 그런데 내가 중독자라면, 스스로 '답이 없는 존재'라고 받아들여야 한다는 뜻이었다. 나는 중독이라는 단어 앞에 백기를 들고 힘없이 패배를 선언했다.

무력감은 분노보다 훨씬 치명적이었다. 분노가 파괴적인 행동을 해서라도 나 자신의 존재를 증명하고 살아남으려 발버둥치는 에너지였다면, 무력감은 나 자신에 대해 아무것도 주장할 수 없는 감정이었다. 뼈만 앙상하게 남아 목숨을 겨우 유지하는 사람처럼, 나는 영혼의 영양실조 상태로 삶을 간신히 이어 나갔다. 삶에 대한 어떤 질문도 던지지 않고, 술을 끊거나 줄이려는 노력도 없이 무력하게 술을 마셨다.

'숙취가 있네. 그래서?'

'술을 많이 마셨네. 응, 그래서?'

'오늘도 이렇게 술을 마시고 있네. 응, 그래서 어쩌라고?'

무감각한 상태로 술을 마시다 보면 갑자기 엄청난 무게의 슬픔이 저 위로부터 곤두박질치는 듯한 때가 있다. 그러면 나는 미친 사람처럼 울음을 쏟아 냈다. 무슨 일이 있는 것도 아니었다. 그 슬픔이 어디서 비롯되었는지, 무엇을 위한 건지도 알지 못한 채 무너진 건물에 갇혀 구조를 기다리는 사람처럼 처절하게 울음을 뱉었다. 내가 여기에 있으니 나를 좀 봐 달라고, 제발 아무나 날 구해 달라고. 마지막 힘을 쥐어짜듯 울음을 쏟고 나면 다시 무력한 상태가 지속됐다.

'아무도 날 구해 주지 못할 거야. 그래서 어쩌라고? 그냥 이렇게 깔려 있다 죽을 목숨이야, 나는.'

그 슬픔은 아마도, 술을 마시지 않고 멀쩡한 모습으로 살고 싶다는 간절한 소망의 응집이었을 것이다. 알코올과 '중독 뇌'

의 목소리에 묻혀 들리지 않던, 내 영혼의 목소리였을지도 모른다. 그때 누군가 그 목소리를 들었다면 나를 알코올로부터 구해 줄 수 있었을까? 아마 아닐 것이다.

나는 술에서 벗어날 수 없다는 단단한 잠재의식에 갇혀 있었다. 누군가 중독의 늪에서 나를 구해 주길 바랐지만, 나를 구원할 존재는 결국 나 자신뿐이었다. 잘못된 믿음은 누가 대신 깨부술 수 없으니까. 결국 '구해 달라'는 메시지를 받고 움직여야 하는 사람은 외부의 그 누군가가 아니었다. 나는 '자신'이라는 구원자를 만나기까지 아주 오랜 시간을 술독에 빠져 있어야 했다.

규칙의 꼭두각시

인간은 규칙이 통제하는 사회에서 삶의 첫걸음을 뗀다. 그리고 자라는 내내 규칙을 얼마나 잘 지키는지를 기준으로 자질을 평가받는다. 이렇게 성장한 인간은 좋은 평가를 받기 위해 공동체의 규칙을 준수하려 최대한의 노력을 기울인다.

알코올 의존증 환자가 사회에서 좋은 평가를 받지 못하는 이유 중 하나는 사회적으로 합의된 규칙을 자주 어기기 때문이다. 소란을 피우거나 폭력을 행사하는 주사, 잦은 지각 등 불성실한 태도로 인한 실직이나 파산, 음주 운전을 포함한 여러 범법 행위. 그러다 보니 알코올 의존증 환자라고 하면 규칙을 어기거나 파괴하는 사람이라는 인식이 자동으로 떠오른다.

그러나 전체 알코올 의존증 환자 중 '눈에 보이는 문제'를 일으키는 인구의 비율은 소수에 불과하다는 사실은 잘 알려져 있지 않다. 술 문제가 있으면서도 멀쩡하게 사회생활을 하는 사람이 훨씬 많다. 다른 병증과 마찬가지로 중독 문제에는 경중이 있으며 행동과 증상도 매우 다양하고 개별적이다. 각자의 성장 배경이나 환경, 그로 인해 형성된 신념 등 복잡다단한 변수가 개입하기에 정형화된 패턴이 존재하는 것도 아니다. 광범위한 증상이 오히려 알코올 의존증 진단을 어렵게 만드는 요인이 되기도 한다.

알코올 의존증 환자 중에는 오히려 자신의 음주 문제가 사회생활을 하는 데 걸림돌이 되지 않도록 보통 사람보다 훨씬 엄격한 기준을 지키며 생활하는 사람도 많다. 규칙을 철저히 준수하는 것이 중독자로서의 증상이라고 할까.

우리 사회도 규칙 준수를 위해 노력하는 사람이라면 무엇을 하든 상관없다는 태도를 보이기도 한다.

"술 좀 먹는다고 뭐가 문제야? 일만 잘하면 되지."

음주자를 부르는 명칭도 규칙 준수 여부에 따라 달라진다. 알코올 의존증 환자가 규칙을 제대로 준수하는 사람이라면 아무리 개인적 문제가 크다고 해도 '애주가'라는 이름표를 붙여준다. 개인적 문제는 개인의 문제일 뿐이니까.

개인의 삶보다 사회 구성원으로서의 삶이 훨씬 중요했던 내 경우에도, 규칙은 '사회적 자아'를 지탱하는 데 몹시 중요한 요소였다. 내게는 술과 관련해 다양한 규칙이 있었다.

1. 음주 유무와 상관없이 절대로 지각하지 말 것.
2. 음주로 업무 프로젝트에 영향을 끼치지 말 것.

3. 과음한 다음 날엔 운동도, 일도 더 열심히 할 것.

4. 데드라인과 가이드라인 준수.

5. 술 때문에 비실대거나 흐트러진 모습을 남에게 절대 보이지 말 것.

과음한 다음 날에는 외모와 몸가짐에 더욱 신경을 썼다. 술 냄새가 너무 심하게 나면 일과 중간에 근처 공터로 나가 30분이라도 달리기를 했다. 땀과 함께 술독을 배출하려는 목적이었다. 나는 과음 후 내가 하는 모든 징벌적 행동에 '책임감'이라는 이름을 붙였다.

주변의 사회 구성원들은 이런 나를 아낌없이 칭찬했다. 특히 '자기 앞가림을 잘하고, 일을 철저히 해내는 책임감 있는 사람'의 예시로 나를 지목했다. 그러면 나는 겸양하는 척하며 자기 관리의 중요성이나 삶의 밸런스 등에 대해 은근히 떠들어대곤 했다. 사회의 긍정적인 평가 덕분에 술에 대한 나의 프라이드는 날로 높아져 갔다.

이런 분위기에서 개인의 문제는 철저히 감추어졌다. 혼자 있을 때의 내가 어떤 모습인지 알고도 사람들은 나에게 그런 칭찬을 할 수 있을까? 혼자서는 얼마나 초라하고 망가진 모습인지, 과연 상상이나 할 수 있을까? 홀로 술을 마시며 그런 생각을 하면 피식하고 조소가 터지기도 했다. 미친 듯이 먹고 마신 다음 변기를 붙잡고 토해 내고, 술에 취해 무슨 짓을 했는지 기억하려 애쓰고, 얼마나 울었는지 떠지지 않을 정도로 부은 눈을 아침마다 한 시간씩 얼음찜질하고, 술 냄새를 없애겠다고 몽롱한 상태로 동네를 내달리며 땀을 빼고…… 그런 비밀을 알고도 나를 '멋진 인간'으로 인정할 수 있을까? 아무렴 어때. 나는 남들에게 보이는 내가 전부인 사람이었다. 삶이 몇 개로 갈라져도 상관없었다. 밖으로 드러나는 이미지를 유지하기 위해 규칙과 나 자신을 교환하는 삶. 사회가 강조하는 결과주의적 미덕 속에서, 나는 매 순간 너무도 쉽게 나 자신을 포기했다.

규칙을 조작하다

규율을 지키느라 나 자신을 저버리는 데도 한계는 있었다. 몸이 견디기를 거부하기 시작한 것이다. 몸은 빠르게 악화됐고, 같은 양의 술을 마셔도 멀쩡하지 못한 날이 점점 늘어 갔다. 만성 탈수 증세로 얼굴 피부가 벗겨지고 쭈글쭈글해져서 화장해도 잘 가려지지 않았다. 우울증, 불면증, 무기력함, 자살 충동 등에 끊임없이 시달렸다. 음식은 술을 먹는 동안에만 겨우 조금 먹거나, 아예 의식을 놓은 상태에서 미친 듯이 폭식하고 토하기를 반복했다.

아침에 일어나 겨우 씻다가 통증을 도저히 견딜 수 없어 다시 이불로 기어들어 가거나, 나갈 준비를 마치고도 집 밖으로 나서지 못하는 일이 발생했다. 내 건강 상태는 말 그대로 최악이었다.

규칙의 꼭두각시였던 나는 음주 때문에 규칙을 어기는 일은 용납할 수 없었다. 아니, '고작 술 때문에 규칙을 어겼다는 사실을 남들이 알게 하는 일'은 결코 일어나서는 안 됐다. 규칙을 조작하든지, 거짓말을 해야 했다.

나는 주로 아프다는 핑계를 댔다. 어린 시절부터 몸이 약했기에 아프다고 말하면 다들 믿어 줬다. 비참할 정도로 가책을 느꼈지만, 그 어떤 것도 숙취의 고통을 이길 수는 없었다. 장황한 거짓말을 늘어놓은 뒤, 나는 죄책감을 느끼며 다시 이불 속으로 들어갔다. 그러곤 가혹한 말로 스스로를 처벌했다.

'미친년. 술 처먹느라 일을 빠진다는 말이야? 이 황당한 꼬락서니 좀 봐. 이러고도 네가 중독된 게 아니라고? 온 방이 술 냄새로 가득해. 식은땀 때문에 온몸이 끈적거리고 이불도 축축하잖아. 역겨워 죽겠어.'

나는 종일 이불에 묻혀 스스로에게 폭언을 날렸다.

죄책감의 폭풍이 휩쓸고 가면 그 충격을 목발 삼아 한동안은 절뚝대듯 규율을 준수했다.

'아파 죽더라도 일하러 나가서 죽자. 이미지를 깎아 먹지 말자.'

술을 아예 마시지 않은 것은 아니었지만 심각할 정도로 마시지는 않으려고 나름대로 노력을 기울였다. 그러면서 새로운 규칙을 여러 개 만들어 냈다. 다음 날 해야 하는 일의 경중에 따라 마실 술의 최대치를 정해 놓는 것 등이었다. 스스로 경각심을 주기 위해 매일 밤이면 다이어리에 내일 할 일이 얼마나 중요하며 그것을 제대로 해내려면 술을 어느 정도까지 마셔야 하는지 적었다.

'토요일 12시, 2시 두 타임 축가. 난도가 높은 곡이니 컨디션에 더욱 신경 써야 함. 반드시 절주.'

'월요일 8시 미팅. 장소 협소. 절대로 술 냄새 풍기지 말 것.'

어느덧 다이어리는 '절주', '금주', '적당히', '어지간히', '제발' 같은 단어로 가득했다.

그러나 나의 '중독 뇌'는 다음 날 어떤 일이 있든 음주 자체는 양보하지 않으려 애썼다. 제발 한 병으로 끝내자고 다짐한 날에는 기어코 두 병을 마셨고, 오늘만큼은 무슨 일이 있어도 금주하자고 생각한 날에는 더 많은 술을 마시는 것으로 응수했다. '중독 뇌'의 발악과 규칙 준수 사이에서 나는 이러지도 저러지도 못하며 몸만 축내고 있었다.

'중독 뇌'의 집요한 패악에 나는 새로운 대응 방식을 선택했다. 일정을 최대한 뒤로 미루고, 더러는 아예 취소해 버리기 시작한 것이다. 다이어리에 빨간 취소 선을 그으면서, 이것이 내게 꼭 필요한 스케줄은 아니었다고 자위했다. 나는 규칙을 지키고 있다고 믿고 싶었지만, 사실은 일을 포기하고 마음껏 술을 마시기 위한 조작에 불과했다. 내가 세운 규칙을 지키면서 술도 마시기 위한 가장 손쉬운 방법은 더 이상 일하지 않는 것이었다.

세상으로부터의 숨바꼭질

인간의 방어 기제는 정말 다양하고 끝이 없다. 한 가지 방어 기제를 사용하고도 자신을 지켜 내는 데 실패하면 곧장 다음 방어 기제를 작동한다. 알코올 의존증 환자로 사는 동안 나 역시 열거하기 힘들 정도로 많은 방어 기제를 사용했다. 처음엔 부정하고, 과장하거나 축소하는 과정을 거치고, 중독 사실을 인정한 후에는 규칙 조작, 변명, 합리화, 동일시 등을 이용해 어떻게든 나는 잘못되지 않았다고 증명하려 애썼다. 그리고 나서도 나 자신을 방어할 수 없게 되자 방어 기제는 자연스럽게 '회피'로 바뀌었다. 이제 할 수 있는 일은 증명할 필요조차 없도록 숨는 것뿐이니까.

나는 하던 일은 물론 사람들을 만나는 횟수도 점점 줄여 갔다. 그렇게 하면 더 이상 책임감에 대한 압박과 제대로 해내지 못했다는 죄책감을 느끼지 않아도 됐다. 먹고사는 데 필요한 최소한의 돈만 벌면서 가능한 한 혼자 있기 위해 노력했다.

사람들을 피해 숨었을 때의 가장 큰 문제는, 내 행동의 오류나 위험을 대신 감지하고 제동을 걸어 줄 사람도 인생에서 함께 사라진다는 것이다. 20대 초반부터 이어져 온 식이 장애의 여파로 이미 건강이 몹시 좋지 않은 상태에서 나는 자각 없는 학대를 이어 갔다. 며칠을 가공식품과 분식에 의지해 지내다가, 살이 좀 붙는다 싶으면 굶거나 '샐러드'라는 이름의 풀 쪼가리를 좀 먹고 미친 듯이 운동했다. 살찌기 쉬운 맥주보다 취하기 쉬운 독주를 주로 마셨다. 그러다 완전히 지치면 자포자기하며 엉망으로 먹었고, 또 살 걱정이 들면 다시 음식을 줄이기를 반복했다. 그러는 동안 내 인생에는 단 세 가지 주제만이 남게 됐다. 알코올, 체지방, 돈. 매일 쓰는 일기에는 이 세 가지에 대한 고민이 그득했다. 술을 줄여야 한다고 자신을 설득하고, 음식을 건강하게 먹자고 채근하고, 다시 책임감 있는 삶을 살겠다고 다짐했지만 다음 날의 일기도, 그다음 날의 일기도 비슷한 양상으로 흘러갔다.

나의 비이성적인 삶을 아는 사람이 없었기에 당연히 제동을 걸어 줄 사람도 없었다. 술 문제가 거론되는 것이 죽도록 싫었던 나는 남자 친구가 생겨도 정도가 넘은 내 생활을 전부 공개하지는 않았다. 혼자 집에 있는 밤에는 열한 시쯤 이제 잘 거라며 거짓말하고는 새벽까지 술을 마셨고, 데이트를 하는 날엔 정말 오랜만에 술을 마시는 것이니 과음하는 걸 이해해 달라고 둘러댔다. 어쩌다 너무 많이 마시는 거 아니냐며 걱정 섞인 말을 하는 이가 있다면, 이후로 그 사람과는 되도록 만나지 않았다. 애정 어린 걱정이든, 지나가는 잔소리든 술 문제를 거론하는 사람이면 무조건 피하고 본 것이다.

회피는 수치심에서 비롯된다. 정상 범주 이상으로 술을 마신다는 사실을 인지할 때마다 휘몰아치는 부끄러움을 마주하지 않기 위해, 나는 그 사실을 자각하게 만드는 사람과 상황을 전부 피하곤 했다. 얼마나 역설적인가? 삶을 갈기갈기 찢어 버리는 알코올이라는 물질을 내 집 냉장고, 찬장, 베란다, 그리고 인생에서 몰아내는 대신 나를 지탱해 줄 일, 생활, 사람들을 피한다는 것이. 내 손으로 술을 뺀 나머지를 인생에서 다 내쫓고는 술을 제외하고는 무엇도 날 이해해 주지 못한다며 외로움에 몸부림친다는 것이 말이다.

술과 함께하는 내 세계를 지키기 위해 나는 세상, 그리고 주변 사람들과 숨바꼭질을 했다. 겉으로 드러나 있는 나는 유령이나 다름없었다. 꼭꼭 숨은 본질적인 나는 그 누구든 볼 수도, 들을 수도, 만질 수도 없었기 때문이다.

그러니까 돈이 없지

'겨울아. 네가 아무리 추워 봐라. 내가 옷 사 입나. 술 사 먹지.'

술집 벽에 붙은 한 우스갯소리는 알코올 의존증 환자의 마음을 찰떡같이 표현한다. 분명 농담으로 쓴 말이겠지만, 나 같은 진성 중독자에게는 결코 농담으로 들리지 않았다. 무일푼 신세라도 돈이 생기면 바로 술부터 사 먹곤 했으니까. 어떤 위협이 있더라도 스스로를 보호하는 대신 술을 사 마시는 데 돈을 쓰겠다는 강력한 의지였다.

돈도 없으면서 무모하던 시절, 나는 고정 지출을 제외한 나머지 돈은 고스란히 술 마시는 데 썼다. 그 외의 지출은 천 원한 장 쓰는 것도 벌벌 떨었다. 강남역 지하상가에서 파는 만 원짜리 티셔츠 한 장을 사는 데도 돈이 그렇게 아까울 수가 없어서 돌아선 적이 여러 번이었다. 그러니 저 말이 사실 아닌가? 나는 문장 그대로 옷 대신 술을 사 먹는 사람이었다.

나는 돈 많은 사람들이 부러웠다. 일을 안 해도 되는 사람들이라고 생각했기 때문이다. 기왕 마시는 술도 비싸고 좋은 것으로 마시는 사람들. 추운 겨울이 오면 옷을 사 입고도 돈이 남아 술도 마실 수 있는 사람들.

시샘은 위험한 감정이다. 샘을 낸다는 것은 자신의 결핍을 스스로에게 끊임없이 확인시키는 일이기 때문이다. '저 사람은 날 때부터 돈이 많아서 참 좋겠네'라는 신세 한탄은 '나는 돈이 없기 때문에 저 사람을 부러워하는 거야'라고 인정하는 꼴이다. 이는 스스로에게 결핍감, 좌절감, 박탈감을 가져다준다. 의욕도 아주 쉽게 꺾어 버린다. 의욕이 사라져 자포자기한 빈틈을 노려 위로를 건네는 척 그 사람을 잠식하는 것이 바로 알코올, 니코틴 등 중독 물질이다.

나는 돈 많은 사람들을 매사 시샘했고, 나중에는 증오심까지 느꼈다. '세상의 불공평한 구조와 그로 인해 이득을 보는 소수의 사람 때문에 내가 가난한 거야'라고 주장하는 것만큼 간편하고 쉬운 핑계가 어디 있겠는가?

내가 그러했듯, 많은 사람이 '돈'을 '부도덕'과 같은 뜻이라고 착각한다. 그러나 돈은 본질적으로 도덕과 아무 관련이 없다. 단지 그것을 부도덕한 목적에 이용하는 사람이 있을 뿐이다. 돈을 부도덕하게 사용하는 사람들이 있다고 해서, 돈 많은 사람이 전부 부도덕하다는 결론은 명백한 논리적 오류이다. 그럼에도 나는 무일푼인 것을 정당화하기 위해 부와 부도덕을 손쉽게 연결 지었다. 돈을 내 것으로 만드는 데 필요한 노력과 도

전, 그 과정에서 겪는 수많은 실패와 경험을 무시하고, 내 삶을 시궁창에 빠뜨린 무책임한 태도에 나름의 정당성을 부여했다. 내가 부러워하는 삶을 살기 위해 합당한 노력을 기울이는 것보다 남의 성공을 깎아내리는 편이 훨씬 쉬우니 말이다. 또 술자리에서 이런 이야기를 나누며 내 관점을 더욱 확장하고 확고히 했다. 가진 자들의 부도덕을 비판하고, 내 삶이 나아질 리 없다고 확신하며 건배를 나눴다. 돈과 부자와 세상을 미워하면서 술 마시는 데는 아낌없이 돈을 썼다. 사실 그런 태도가 '있던 돈도 달아나게' 하는지도 모르고 말이다.

술 마시던 시절에 쓴 일기를 읽으며 내가 살아온 날들을 되새겼다. 나는 모든 방면에서, 온몸과 마음으로 부를 밀어내고 있었다. 시기, 질투, 증오, 분노, 부에 대한 왜곡된 인식으로 똘똘 뭉쳐 있고, 가진 돈은 모두 술 마시는 데 써 버리는 애석한 중독자의 삶이었다.

'그러니까 그렇게도 돈이 없었지.'

작고 애처로운 한숨이 흘러나올 정도였다.

끊임없는 시도와 실패, 자기파괴

상
담
사
를

속
이
는

법

'중독 뇌'는 몹시 계산이 빠르고 교묘하다. 하나의 일을 백 가지가 넘는 방법으로 합리화할 수 있다는 뜻이다. 평소 언변이 좋고 자기주장이 뚜렷한 사람이라면 환자로 상담받으러 가서도 달변으로 그럴듯한 논리를 펼치곤 한다. 이런 유형의 중독자는 종종 상담사들을 곤란하고 수치스럽게 만든다. 사석에서 우연히 만난 상담사 한 분은 내담자에게 이런 말까지 들었다고 한다.

"김 선생, 아직 멀었네. 그 정도 지식으로 환자들을 어떻게 설득해? 사람 심리를 이렇게 모르면서 어떻게 날 이기려고."

나 역시 상담사를 상대로 나만의 논리를 주장하거나 내 증상과 생각을 완벽하게 감추는 불순을 저지르곤 했다. 물론 중독자로 낙인찍힐 때 오는 수치심으로부터 자신을 보호하기 위한 즉각적인 반응이었을 뿐, 상담사를 곤란하게 만드려는 의도는 아니었다. 중독자임을 스스로 인정하는 것과 전문가에게 공식적으로 인정받는 것은 무게가 다르니 말이다.

알코올 중독이 제법 길게 진행됐을 때, 한 기관에서 무료 심리 상담 기회를 얻었다. 마지막으로 상담 치료를 받은 지 상당한 시간이 지나기도 해서, 고민 끝에 참여해 보기로 했다. 전날 마찬가지로 술을 과하게 마신 나는 최대한 술 냄새가 나지 않도록 좋은 샴푸를 사용해 씻고, 향수를 뿌렸다. 상담사들이 첫인상에서 많은 판단을 내린다는 사실을 잘 알았기에 겉모습과 태도에도 바짝 신경을 썼다. 옷은 깔끔하게, 화장과 헤어스타일은 단정하게. 너무 과하지도 모자라지도 않고, 적당히 사회적이고 밝은 모습으로.

언제나 그랬듯 상담은 아주 형식적으로 이루어졌다. 환자들이 상담사를 속일 수 있는 이유는 상담이 대체로 비슷한 형식으로 이루어지기 때문이다. 여러 번 상담을 받아 본 이들은 오늘 상담에서 무슨 검사를 하고, 어떤 이야기를 물을지 패턴을 알고 있다. 이론 중심의 상담은 여지없이 그 한계를 드러냈다. 상담사는 몇 가지 뻔한 질문을 하고는 문답지 한 다발을 내밀고 자리를 떠났다.

같은 시험을 자주 치면 그 과목에 도가 트듯 문답지를 내려다보자 상담사가 나에 대해 좋은 평가를 내릴 만한 '답'이 눈에 들어왔다. 여기서도 역시 '과하지도 모자라지도 않게' 공식이 통했다. 긍정적인 답이라도 극단적으로 한쪽으로 치우치면 문제가 있다고 판단되기 때문이다. 나는 쉽게 답을 골랐다.

문답지 체크가 끝나자 상담이 구체적으로 시작됐다. 그는 내 삶의 여러 부분에 대한 질문을 던졌다. 페르소나가 작동할 시간이었다.

"제 인생에는 우여곡절이 있었지만 누구나 어려움을 겪으므로 저 역시 그 일을 통해 성장했다고 믿습니다. 직업적으로 어려운 일도 마주하지만 거기서 배우는 것이 많습니다. 남자 친구와의 관계 역시 삐그덕거릴 때가 있으나 대체로 대화를 통해 잘 풀어 가는 편입니다. 가끔 미래에 대한 두려움에 사로잡히면 책을 읽거나 적당히 운동하며 해소하려고 합니다."

이런 식의 '거짓 대답'은 상담사를 기만하기에 가장 적합한 전략이다. 지금 상태가 마냥 행복하고 괜찮다고 대답하면 거짓말임이 금방 들통나지만, 어려움을 극복하려고 노력 중이라는 뉘앙스로 말하면 상대에게 오히려 아주 긍정적인 사람으로 보이기 때문이다.

알코올 문제에 대해 말할 때도 전략이 있다. '술을 많이 마시는 편이라 그 부분이 걱정되기는 한다'는 식으로 운을 뗀다. 처음부터 나에게 술 문제가 전혀 없다는 식으로 이야기하면 그 자체가 방어 기제로 판단되기 때문에 오히려 내 음주 행태가 걱정스럽고 해결하기 위해 노력하고 있다고 표현하는 것이다. 다음부터는 거짓말을 대놓고 섞는다. 주량과 주태(술 마신 후의 태도)를 속이는 것이다. 그렇게 마시는 술이 일상생활에 어떤 지장을 주느냐는 상담사의 질문에는 "그다지 영향을 끼치는 것 같지는 않다"라고 대답한다.

2주에 걸쳐 상담을 받았고 마지막 날, 상담사는 이런 결론을 내렸다.

"선생님은 삶에 대한 태도가 긍정적입니다. 간혹 우울감이나 불안에 휩싸이기는 해도 스트레스를 적극적으로 잘 해소하는 걸로 보여요. 특히 옛날에는 부모님 탓을 많이 했다면 이제는 책임감 있게 문제를 해결하려는 성숙함도 생겼고요. 오히려 너무 과도하게 노력하려는 모습이 보여서, 조금 내려놓는 미덕을 가지면 어떨까 싶습니다. 술은 좀 많이 마시긴 한데, 뭐(그는 이 부분을 이야기하면서 별일 아니라는 듯 어깨를 으쓱했다), 줄이려고 애쓰고 있다니 곧 좋아질 거예요."

그는 완벽하게 속아 넘어갔다!

다시 한번 말하지만, 당시의 나는 상담사를 속일 의도가 전혀 없었다. 내가 한 말이나 행동, 문답지에 체크한 감정은 전부 진심이었다. '중독 뇌'가 빠르고 정교하게 계산해서 그런 행동을 유도했다는 것을, 그때는 인식조차 하지 못했다. 당연히 죄책감이나 의구심을 갖지도 않았다. 페르소나가 뻔뻔하게 거짓을 진술했다는 건 술을 끊은 후 지난날의 내 행동을 돌아보고 해석하는 중에 비로소 깨닫게 됐다.

술에 중독된 뇌는 이토록 섬뜩한 방식으로 사람을 지배한다. 술에 지배당한 나는 어떤 목적을 가지고 그런 행동을 하는지, 그게 사실인지 아닌지도 스스로 판단하지 못했고 오히려 그것이 나의 본심이라고 철석같이 믿었다.

상담을 마무리한 날 밤, 남자 친구를 만났다.

"상담에선 뭐래?"

"건강하대. 잘살고 있고, 별문제 없대."

그의 질문에 짧게 대답한 후, 나는 소주를 들이켰다.

'알중이'의 시험 기간

공부 욕심이 많았던 나는 이 전공, 저 전공을 전전하다 무려 서른여섯 살이 돼서야 대학을 졸업했다. 알코올 의존증이 최절정에 달했을 때 '정신 좀 차리고 공부라도 하자'라는 생각으로 늦은 나이에 3학년으로 편입학했다. 성과를 중요시하는 나이기에 이런 중요한 장치를 하나 더 둔다면 술만 퍼붓는 생활에 한 가닥 지푸라기가 될 것 같았다.

첫 출석 날짜가 다가왔을 때 생각했다.

'새로운 사람을 많이 만날 텐데, 첫날부터 술 냄새를 풍기면서 갈 수는 없지. 오늘만큼은 술을 좀 덜 마셔 보자.'

물론 생각에서 그쳤다. 술을 참다가 오히려 평소보다 더 과음한 것이다. 수업 첫날, 나의 숙취는 정말 최악의 수준이었다. 거울에 비친 벌건 얼굴의 나는 누가 봐도 술주정뱅이의 모습이었다. 얼굴에 울긋불긋 올라온 염증 반응을 두꺼운 화장으로 겨우 가렸다. 학교에 가는 내내 나는 수치심에 시달렸다. 나에게서 풍기는 술 냄새 때문에 술에 도로 취할 것 같았다.

'결국 못 참고 이 꼴이 됐구나. 잘하는 짓이다. 다들 이게 무슨 냄새냐며 수군대다가 범인이 나라는 걸 눈치채겠지? 얌전히 앉아 숨은 작게 쉬자. 사람들과 눈도 마주치지 말자.'

강의실에 들어선 나는 행여라도 술 냄새를 풍길까 봐 학생들에게 인기 없는 맨 앞자리의 구석에 앉았다. 거기라면 사람들과 거리를 둘 수 있을 것 같았다.

다행히 강의실은 충분히 넓어서, 수업이 진행되는 동안 누구도 술 냄새가 난다며 주범을 찾는 눈치는 아니었다. 그러나 알코올 중독자 한 사람의 몸과 영혼을 잠식하기엔 차고 넘치는 양이어서, 나는 오전이 다 지나가도록 술에서 깨어나지 못했다. 강의 중간중간 화장실로 빠져나가 어제의 독약을 게워 내고 나서야 조금 깨는 느낌이 들었다.

오후 수업이 시작되기 전, 과 대표가 갑자기 사람들을 한곳으로 모았다. 첫 만남이니 서로 자기소개를 하자는 것이었다. 순간 술이 확 깨면서 오한으로 목덜미가 미세하게 떨리기 시작했다. 나는 행여나 술에 취해 있다는 사실을 들킬세라 조심스럽게 행동했다. 덜덜 떨리는 손은 테이블 밑으로 감췄다. 나는 혼신의 힘을 다해 '멀쩡한 사람'인 척 연기했다. 자기소개하고 사람들과 이야기를 나누는 동안 나는 목을 겨우 가누며, 등줄기에 흐르는 식은땀과 목으로 넘어가는 신물을 느꼈다. 다 같이 둘러앉아 김밥이며 컵라면 같은 것을 먹으면서도 구역질을 하지 않기 위해 애써야 했다.

지옥 같은 하루를 겨우 끝내고 집으로 돌아온 나는 힘겨웠던 하루를 곱씹으며 저녁밥과 함께 소주를 들이켰다.

시간이 흘러 기말고사가 다가왔다. 생계를 겨우 유지하고, 남은 시간은 술을 퍼마시느라 학업에는 거의 신경 쓰지 못했던 나는 시험이 코앞으로 닥치자 그제야 전공 서적을 펴 놓고 읽기 시작했다. 물론 기출문제를 풀 때도, 강의 영상을 볼 때도 내 앞엔 어김없이 술잔이 있었다.

기말고사 전날, 술을 좋아하는 지인이 동네로 찾아왔다. 이 날만큼은 정말 자제할 생각이었지만 지인이 온다는 이야기에 나는 기다렸다는 듯 술을 마시러 나갔다. 아니, 내가 정말 술을 자제할 생각이긴 했을까? 그토록 간절했던 '적당한 핑계'가 제 발로 찾아와 줘서 정말로 기뻤다.

'이건 내 탓이 아니야. 오지 말라고 거절할 수도 없잖아. 공부는 충분히 했으니까, 많이 마시지만 말고 일찍 헤어져야지.'

우리는 술집에서 만나 술을 마시고, 노래방으로 자리를 옮겨 또 술을 마시고, 결국 우리 집으로 들어와 다시 술을 마셨다. 일찍 헤어진다고? 너무 많이 마시진 말자고? 나는 실소를 터뜨렸다. 이제는 모든 게 너무 자연스럽고 당연해서 수치심조차 들지 않았다. 새벽 네 시가 되고 지인이 고주망태로 뻗고 나서야 우리의 술자리는 끝이 났다.

두 시간 뒤, 나는 기말고사를 보러 갈 준비를 했다. 고약한 술 냄새를 맡으니 첫 수업 때가 떠올랐다. 그날의 술 냄새는 술 냄새도 아니었다. 이번엔 진짜로 시험장이 지독한 술 냄새로 가득 차리라. '될 대로 되라지' 싶어 부끄러운 생각조차 들지 않았다. 땅이 울렁대고 하늘이 비틀대는 걸 느끼며 겨우 시험장으로 향했다.

누가 나를 피해서 앉은 것도 아니건만, 시험장 책상 앞에 앉은 나는 섬이 된 느낌이었다. 이 공간에 시험 날 새벽 네 시까지 술을 마신, 나 같은 지독한 알코올 중독자는 없을 테니까. 그러면서도 나는 술은 문제가 아니라는 사실을 증명하기 위해 그 자리에 기를 쓰고 앉아 있었다. 시험 문제는 공부한 것 중에서 나왔고 어처구니없게도 나는 도취감에 빠져들었다.

'새벽 네 시까지 술을 먹고도 그럴싸하게 시험을 치고 있군.'

술에 취한 채 오전 내내 시험을 보는 건 굉장한 체력을 요구하는 일이었지만, 어쨌거나 눈에 보이는 성과를 합리화의 수단으로 채택한 알코올 중독자는 꿋꿋하게 기말고사를 마쳤다.

시험장을 나와 집으로 돌아가는 와중에 내 머릿속은 낮술에 대한 생각으로 가득 찼다. 이번 낮술의 핑계는 '시험 준비하느라 힘들었으니 오늘은 낮부터 나를 좀 내려놓겠다'였다. 집 앞 중국집에서 짬뽕을, 편의점에서 소주를 샀다. 집으로 돌아와 짬뽕 국물에 소주 한 잔을 걸치자 이제 큰일 하나를 마쳤다는 안도감으로 몸이 녹았다. 나는 술에 취해 늘어지게 낮잠을 자고 일어나서는, 또다시 술을 마셨다.

이럴 때 성적마저 잘 나온다면 과연 좋은 일일까. 다음 학기의 전액 장학금이 확정됐다. 이 웃지 못할 이야기에 지인들은 '너답다'라는 반응을 보였다.

나는 알코올 문제를 성과 속으로 꽁꽁 묻어 버렸다. 정말 이거면 된 건지 스스로에게 다시 묻지 않았다. 어쨌거나 결과는 좋았으니까. 그것이 내가 현실과 자신을 바라보는 태도였다.

트라우마에도 목적은 있다

사람들이 흔히 알코올을 오래, 많이 마시면 손상되는 장기로 떠올리는 것은 간이지만, 만만찮게 손상을 입는 기관이 있다. 바로 뇌다. 알코올 중독자가 비이성적이고 이해하기 힘든 행동을 일삼는 이유는 뇌가 손상된 탓이다. 인간은 뇌에 자그마한 문제만 생겨도 이전과 전혀 다른 행동을 할 확률이 있다.

예를 들어, 영국의 과학 전문지 《뉴 사이언티스트》에서는 멀쩡한 성적 취향을 가진 남성이 갑자기 아동 포르노에 집착하게 된 사례를 소개한다. 남편의 이상 행동을 눈치챈 아내는 남편을 데리고 병원을 방문해 뇌 검사를 받게 했는데, 놀랍게도 성적 충동을 관장하는 뇌 부분에 종양이 생겨 신경을 누르고 있었다고 한다. 그 종양을 제거하자 남성의 성적 취향은 제자리로 돌아왔다. 이렇듯 뇌에 조금만 변화가 생겨도 우리는 전혀 다른 사람처럼 행동할 수 있다.

알코올 때문에 뇌가 손상되면 다른 인격 등 정신병적 증상이 나타나기도 한다. 많은 중독자의 가족이 "술을 오래 마시더니 완전히 다른 사람이 돼 버렸다"라며 한숨 섞인 말을 내뱉는 것도 이 때문이다.

나 역시 뇌가 망가졌다는 징후들이 나타났다. 단어가 기억나지 않는 사소한 기억력 감퇴는 문제라고 하기도 힘들었다. 나는 시도 때도 없이 집이 무너지거나 사고가 날 것 같다는 망상과 그로 인한 극도의 불안에 시달리고, 자주 헛것을 보았다. 무엇보다 매일 가위에 눌려 삶이 제대로 굴러가지 않았다. 불면증에 밤을 새우다시피 하다 겨우 잠들만 하면 말로 형언할 수 없는 잔인하고 폭력적인 환상에 시달려야 했다. 보통 가위에 눌리면 귀신이 보인다는데, 내 눈앞에는 잘 아는 사람들이 나타나 나에게 벌을 가하곤 했다. 그들은 나를 움직이지 못하게 만든 채 칼로 팔목을 긋고, 목을 조르고, 이를 뽑고, 무자비하게 폭행했다. 그 느낌이 너무 생생해서, 나는 맨 정신에 잠드는 것을 몹시 두려워하게 됐다.

그 공포를 이기지 못해 밤마다 더욱 술을 찾았다. 술을 마신다고 이런 증상이 사라지는 것도 아니었다. 시간이 지날수록 나는 더 많은 환영을 보았고, 더 자주 가위에 눌렸으며, 마치 누가 내 몸을 잠깐 빌려 가는 듯 일정 시간 동안 기억이 사라지는 일이 늘어났다.

뇌의 이상 징후는 점점 심각해졌다. 어느 날부터는 술을 마실 때마다 불현듯 잊고 지냈던 어떤 '기억'들이 떠올랐다. 그 기억 속의 어린 나는, 몹시 불행한 사건의 피해자였다. 처음 기억이 수면으로 떠올랐을 때 나는 엄청난 충격에 휩싸인 채 화장실에 주저앉아 몇 시간을 엉엉 울었다. 내가 사건의 피해자라는 것을 믿을 수가 없으면서도, 한편으로는 나조차도 이해할 수 없는 우울함과 중독의 원인이 바로 이것이었구나 싶었다. 스스로 점점 더 불행해지게 만드는 나의 비이성적인 행동도 모두 이 트라우마 때문이었다고 해석한다면, 이해할 수 있을 것 같았다.

그 기억이 처음으로 떠오른 다음 날, 술에서 깬 나는 머릿속에 떠오른 정보가 실제로 일어난 일인지 한참 기억을 더듬어봤지만, 전혀 알 수 없었다. 술을 마시는 중에는 부분부분까지 구체적으로 기억나 이건 사실일 수밖에 없다고 확신했는데 말이다.

나를 두렵게 만든 것은 충격적인 기억이 오로지 술을 엄청나게 마셨을 때만 떠오른다는 사실이었다. 오직 술을 들이켜고 나서야 '단서'를 찾을 수 있었다. 그러나 마찬가지로, 술에서 깬 후에는 그 이미지를 도저히 받아들일 수가 없었다. 아무것도 확신할 수 없었지만, 뇌가 무슨 짓을 꾸미고 있다는 것만큼은 분명했다. 술은 실재하지 않을지도 모르는 사건을 자꾸 떠올리게 만들 뿐 아니라 그것을 나의 근본적인 트라우마로 인식하게 했다. 그렇게 생성된 트라우마는 나의 모든 비이성적 행동의 이유가 됐다. 나는 그것을 철석같이 믿게 됐다.

그 참담한 기억이 실제 사건이었을까, 아니었을까? 술을 끊은 뒤, 나는 그 사건에 대해 제대로 알아볼까 잠시 고민했다. 그러나 그러지 않기로 결정했다. 술독에 빠져 있을 때와는 달리, 사람에게 가장 큰 고통을 주는 것은 트라우마나 과거의 사건이 아니라는 점을 알게 됐기 때문이다. 트라우마에 계속 고통받으면서도 벗어나지 못하는 이유는 매우 많지만, 그중 하나는 현재 삶에 변화를 만드는 게 겁나서다. 당시 나 역시 술을 끊고 싶었지만 동시에 끊을 용기가 없었다. 트라우마를 술을 끊지 못할 근거로 대자, 나는 자신을 변화시키려 행동할 필요가 없어진 것이다.

불의의 거짓말

경험해 본 사람은 알겠지만, 알코올 중독과 거짓말은 굉장히 밀접한 상관관계가 있다. 술을 마시기 위해 혹은 술 때문에 벌어진 일을 수습하기 위해 거짓말할 일이 자꾸 늘기 때문이다.

내가 주로 거짓말한 경우는 전날 술을 너무 많이 마셔서 도저히 출근할 수 없을 정도로 몸이 망가진 상황이었다. 외근을 주로 하는 회사에 다닐 때는 존재하지도 않는 타 업체와의 오전 미팅이나 답사를 만들어 면피할 수 있었지만, 이런 호사는 쉽게 주어지지 않았다. 이때 선택할 수 있는 거짓말은 뻔했다. 내가 아프다고 하거나 가족이 아프다고 하거나. 거짓말은 "병원에 들렀다 가겠습니다" 정도의 가벼운 내용으로 시작됐다. 숙취 때문에 늦게 일어나 부랴부랴 준비하면서 급한 대로 변명해두는 것이다. 이런 거짓말은 큰 죄책감이나 수치심을 유발하지는 않았고, 정말 어쩌다 한 번씩 있는 일이었기 때문에 큰 문제가 되지는 않았다.

중독이 깊어지면서 뒤늦게 출근하는 것조차 불가능한 날이 늘어 갔다. 출근하지 않으려면 더 큰 거짓말이 필요했다. 거짓말은 나의 수술, 가족 구성원의 입원, 친척의 죽음 등으로 점점 커졌다. 운전 중 사고가 났다거나 타이어가 펑크 났다는 거짓말은 애교 수준이었다. 남들은 차마 상상할 수 없을 이상한 핑계 역시 많이 만들어 냈는데, 지금껏 아무에게도 이야기하지 못한 수치스러운 거짓말도 있다. 이 거짓말은 그 누구에게도 영원히 들려줄 수 없을 것이다. 술은 나를 거짓말쟁이에다 사기꾼, 허언증 말기로 몰아갔고, 기어이 일을 그만두게 했다.

술로 인해 대담해지면 맨 정신에는 못할 거짓말이 쉽게 떠올랐다. 술을 마시다가 다음 날 출근하기 싫어지면, 저녁 11시쯤 '지방에 사는 먼 친척이 돌아가셔서 지금 가족과 장례식장으로 출발하는데, 올라오면 내일 오후나 될 것 같다'는 식으로 문자를 보내고는 잠수를 탔다. 책임을 다하고 싶지는 않지만, 책임감 없는 사람으로 비치는 건 더 싫다는 미성숙함이 만들어 낸 하찮은 술책. 그것이 중독자인 나의 거짓말이었다.

술을 마시기 위해 일삼던 거짓말은 암처럼 삶의 전역으로 번져 갔다. 나는 굳이 숨기지 않아도 될 부분에서까지 거짓말을 하기 시작했다. 특히 내 이미지를 좋게 만들어 줄 일이라면 정말 뻔뻔할 만큼 아무렇지도 않게 말을 꾸며 냈다. 사실 여부를 확인할 수 없는 어린 시절의 성과를 지어 내거나 전혀 모르는 것인데도 잘 아는 척하는 식이었다. 거짓말은 날로 능숙하고 익숙해졌다. 스스로도 내 말이 진짜라고 생각하게 됐다. 거짓말 후 수치스러워할 때마다 '어떡하긴 뭘 어떡해. 웬 자기연민? 웃기지도 않네'라는 '중독 뇌'의 대답이 돌아오곤 했다. 어느덧 수치심마저 친구처럼 익숙해졌다.

술이 인간을 끌고 내려갈 수 있는 바닥에 '끝' 같은 건 없었다. 술을 끊지 않았다면 나는 분명 더 지독한 거짓말을 하다가 결국 나 자신마저 스스로에게 속아 넘어갔을 것이다. 계속해서 술잔을 쥐고 있으면, 결국 도착하는 곳은 정해져 있다.

죽음이다.

불쌍한 구원자

나에게는 둘도 없는 술친구가 있었다. 워낙 멀리서 살아 자주 보지는 못했지만, 만날 때마다 묵은 것이 해갈되는 듯한 개운함을 느낄 정도로 우리는 생각이 잘 통했다.

그와 마시는 술은 어쩐지 특별했다. 술에만 취하는 것이 아니라 온갖 분위기에도 취했다. 상대방이 온전히 내 생각을 알아주고 동의해 줄 때의 다행스러움, 다른 사람들은 잘 이해하지 못하는 나의 유별난 부분을 인정해 줄 때의 안도감. 늘 불안하고 외롭고 혼자인 듯한 내 삶에 그런 친구가 하나 있다는 것은 행복 이상의 완전한 기분을 느끼게 했다. 우리는 서로의 이야기에 격하게 동의하며 한 잔 두 잔 술을 비우고 한 개비 두 개비 담배를 태웠다. 온화하게 대화를 주고받다 보면 막차는 이미 끊겨 있기 일쑤였고, 첫차를 기다리며 새벽녘까지 술을 마신 우리는 아쉬움 속에서 다음 만남을 기약했다.

그를 만나기 전까지 내 인생에 그런 유형의 술친구는 없었다. 당시엔 진지한 대화를 나눈다고 생각했지만, 대부분은 그냥 술을 퍼마시며 가십거리를 안주 삼는 것이 목적이었다. 술을 마시는 동안 A가 어쨌네, B가 어쨌네 하는 뒷담화나 별것도 아닌 무용담이 흘러나왔다.

'더 속 깊은 이야기나 건설적인 이야기는 불가능한 걸까?'

'쟤들은 왜 남의 연애 얘기에 저렇게 목숨을 걸지?'

나의 에고는 한껏 부풀어서 '대화다운 대화'를 하지 않는 그들을 속으로 깔봤다. 드라마 얘기, 연예인 얘기, 남의 연애 이야기 등이 쏟아질 때마다 나는 그들을 한심해하며 속으로 비웃었다. 그러다 보니 점점 술자리를 꺼리게 되고, 점점 혼술이 좋아졌다.

하지만 그는 달랐다. 내가 진지한 주제를 꺼내면 늘 진중한 눈빛으로 경청해 줬다. 그런 태도 덕분에 나는 더욱 신이 나서 이야기를 이어 나갔다. 심각해서 재미없고 어렵다며 아무도 제대로 들어 준 적 없는 이야기도 그는 동의와 칭찬을 아끼지 않았다. 숨통이 트였다. 이 세상에 그래도 내 말을 이해해 주는 사람이 한 명은 존재하는구나 싶었다.

그렇게 친구로 지낸 아주 오랜 시간 동안 우리는 각자의 삶을 살다가 일 년에 두세 번 만나 이야기를 나눴다. 그사이 내 삶에는 아주 많은 사건이 벌어졌다. 남모르게 여러 번 죽음을 꿈꿨지만 성공하지 못했다. 어디에도 정착하지 못하고 여러 사람과 만났다 헤어지기를 반복했다. 이 일 저 일을 전전하다 결국 모두 그만두고 말았다. 변변한 직업도, 책임감도, 삶을 바라보는 제대로 된 인식도 부재한 상태였다. 홀로 모든 걸 감당하겠다고 발버둥 칠수록, 나는 가장 혹독한 시간을 보내며 더욱 깊은 중독의 늪에 빠졌다.

그리고 오랜만에 그를 다시 만난 어느 날, 나도 모르게 그에게 격렬하게 의지하고 있는 자신을 발견했다. 나는 지옥 속에서 무기력하게 주저앉아 있었고 그는 그런 나를 건져 줄 유일한 희망 같았다. 내가 어떤 지옥에 살고 있는지 예상하지 못한 채로, 그는 나를 자신의 인생에 기꺼이 받아 주었다. 그렇게 술친구는 불쌍한 구원자가 돼, 내 지옥을 자기 안에 품었다.

알코올과의 밀회

나의 구원자와 함께 살게 되면서 나는 약간의 안정을 찾는 듯했다. 슬픔이 밀려올 때 혼자 감당하지 않아도 됐고, 불안함이 엄습해도 안아 줄 사람이 있었다. 그는 세상에서 나를 제일 잘 아는 사람이었기에 나도 다른 사람들에게와는 달리 나의 본모습을 제법 많이 보여 줬다. 그는 내가 인생에서 의지한다고 말할 수 있는 첫 사람이었다.

그는 내가 술을 많이 먹는다고, 혹은 음식을 너무 적게 먹는다고 잔소리 한 번 꺼내지 않았다. 울면 우는 대로, 무기력하면 무기력한 대로, 술을 마시면 마시는 대로, 그저 옆에 있어 줬다. 그는 나에게 아무것도 요구하지 않았지만 나는 다시 나만의 규칙을 세웠다. 최소한의 인간적인 모습은 유지해야 할 것 같았다. 나름대로 술을 줄이고, 낮에는 마시지 않으려 다짐했다.

그가 일을 나가고 나면 나는 집 청소를 했다. 내가 술을 좋아하는 건 아무런 문제가 되지 않는 척, 떳떳한 척을 했지만 속으로는 정말 창피하게 여기고 있었다. 그 창피함을 만회할 생각으로 집 관리를 열심히 했다. 이것은 그에게 술꾼이 아닌 애주가로 남기 위한 술책이자 몸에 익은 습관이었다. 숙취 때문에 죽을 것 같아도 그가 출근하기 전까진 최대한 티를 내지 않았다. 대신 그가 출근하자마자 속을 게워 내고 두어 시간 더 잠을 자야 했다. 그리고 나서야 정신을 차릴 수 있었다. 어찌저찌 개인적인 업무를 끝내면 잽싸게 집 청소를 시작했다. 그가 오기 전에 장을 봐 오고, 오후 다섯 시 무렵부턴 저녁을 준비했다.

그러나 시간이 지나면서 나의 교묘한 '중독 뇌'는 다시금 고개를 들었다. 혼자 살 때 그랬듯이 규칙을 위반하면서도 양심에 찔리지 않는 방법을 고안하기 시작한 것이다. 집에서 유지하기로 한 주량인 소주 두 병은 어디까지나 '집에서' 지키기로 한 약속이니까, 일부러 외식을 유도해서 반주를 먼저 하고 집에 들어오면서 술 두 병을 샀다. 집에서 식사하며 이미 약속만큼 마셔 버렸다면 갑자기 동네 새로 생긴 맥줏집에 가고 싶다는 식이었다. 나 혼자 그런 말도 안 되는 규칙을 세우고 어기는 동안에도 그는 여전히 나를 나무라거나 잔소리하지 않고, 가만히 옆에 있어 줬다.

'중독 뇌'의 갈망은 멈출 줄 몰랐다. 다시 해장술을 원하게 된 것이다. 넘고 싶지 않았던 마지노선이자 혼자 살 때도 어지간하면 참으려고 노력했던 것이 바로 낮술이었다. 해장술은 알코올 중독이라는 질병에서 돌아올 수 없는 강이자 가장 강력한 위험 신호다. 술로 인한 불편함을 해소하기 위해 술을 먹는 건 죽음과 빠르게 가까워지는 방법이기 때문이다.

나는 점점 더 강한 갈망에 시달렸다. 오전 내내 업무와 집안일에 매달려 봐도 술을 먹고 싶다는 생각은 강해질 뿐이었다. 나는 결국 '오늘은 점심밥 만들 기운이 없다'며 동네 국밥집으로 식사하러 나갔고, 이미 혼술 중인 다른 사람의 테이블을 보며 '역시 나만 그런 건 아니네'라는 이상한 안도감 속에서 소주를 주문했다.

소파에 시체처럼 늘어져 낮잠을 잔 뒤, 술기운과 함께 밀려오는 죄책감을 상쇄하려는 목적으로 몸을 움직였다. 그러나 무엇보다 중요한 것은 그가 집으로 돌아오기 전에 내 몸과 집에서 술 냄새를 빼는 것이었다. 낮에는 향초를 켜 놓고, 저녁 시간이 가까워지면 요리를 시작해 집 안을 음식 냄새로 채웠다. 낮술을 '증거 인멸' 하려는 시도는 마치 만나지 말아야 할 상대와의 밀회를 연상하게 했다. 내 남자는 물론 주변 사람들도 몰라야 하는 부도덕한 만남이었다. 소주병은 곧장 재활용 수거장에 갖다 버리고, 술과 함께 배달 음식이나 인스턴트 안주를 먹은 날에는 그 흔적도 깨끗이 없앴다. 창문과 현관문을 활짝 열고, 향초를 켜고, 주방 곳곳을 닦아 내고……. 증거를 인멸한다는 것 자체가 스스로 이 밀회를 잘못된 행동으로 인식하고 있다는 증거였다. 진심으로 잘못이 아니라고 생각한다면 누가 뭐라고 하든 말든 그냥 낮술을 즐겼을 테니까. 하지만 나는 온 힘을 다해 밀회의 흔적을 지우고 그가 집으로 돌아오면 태연하게 굴었다. 오늘 별일 없었냐는 물음에 아무 일도 없었다고 말하는 것조차 나에게는 거짓말이 돼 버렸다. 그리고 이 밀회는, 시간이 갈수록 익숙하고 대담해져 갔다.

불순한 고백

전략적 거짓말, 규칙의 조작, 밀회…….

한집에 둘이 살게 되자 '중독 뇌'의 꼼수도 결국 한계를 보였다. 그렇게 많은 양을 마시면서 매번 그 사실을 숨긴다는 게 쉬운 일은 아니었다. 대신 방법을 바꿨다.

새로운 전략은 이랬다. 이렇게 술을 많이 마셔도 내 생활이나 일에 아무런 문제가 없다는 걸 도리어 전면에 내세우는 것이다. 이때 나의 페르소나는 '못 말리는 애주가'였다. 이 전략을 따르면 술을 마시는 것 자체는 부끄러운 일이 아니기 때문에 더욱더 당당하게 술을 마실 수 있었다. 점심때는? 반주! 저녁에는? 당연히 한잔! 기쁜 일 앞에서도 술, 슬픈 일 앞에서도 술, 스트레스 앞에서도 술. 오히려 뻔뻔하게 주장하는 것이 새로운 가면의 특징이었다. 이상할 정도로 당당하게 굴면, 잘못됐다고 생각하기 어려울 테니까.

물론 그때까지 그는 단 한 번도 내게 술 문제를 거론하거나 술 마시는 걸 반대한 적이 없었다. 그냥, 나 혼자 난리였다. 죄책감과 수치심을 느낀 것도, 그래서 하면 안 되는 짓을 한다는 자괴감에 빠진 것도, 이 남자 앞에서 이상한 사람이 되지 않기 위해 온갖 전략을 수립한 것도, 페르소나를 자주 갈아 끼운 것도 모두 나았다. 도둑이 제 발 저린 꼴이었다.

나는 주의를 기울일 필요 없이 당당하게 술을 마셨고, 덕분에 종일, 기분 좋게 취해 있을 수 있었다. 더불어 주변에 술을 좋아하는 지인이 많았기에 더욱 부어라 마셔라 하는 나날을 보낼 수 있었다. 개인적으로 힘든 일이 있었던 것도 아주 좋은 명목이 돼 줬다. 실제로 그 시기에 내 삶을 관통하고 있는 일들의 주관적인 고통은 상당했고 정신적 에너지는 바닥나 있었다. 술 없이는 전혀 잠을 이루지 못했고 매일 식은땀을 흘리며 악몽 속에서 깨어나야 했다. 연달아 온 힘든 상황이 목을 졸랐다. 상황을 무기 삼아 더욱 '될 대로 돼라'는 식으로 술을 마셨다. 고통의 수렁으로 제 발로 기어들어 간 나를 그 누구도 어떻게 하지 못했다. 이겨 내리라 믿으며 그저 지켜보는 수밖에.

그런 전략적 나날을 보내는 와중에도 마지막 남은 양심은 계속해서 '이러면 안 돼'라며 나를 말렸다. 나는 그 속삭임이 듣기 싫었다. 남자 친구도, 주변의 그 누구도 나에게 뭐라고 하지 않는데 유독 내 양심만 자꾸 나에게 제동을 걸었다. 화가 났다.

'내 맘대로 하겠다는데, 네가 대체 뭔데 나에게 이래라 저래라야?' 술을 마신 나는 오래전에 그랬던 것처럼 다시 맨 정신인 나에게 이렇게 살아도 아무 문제 없으니 제발 그만하라고 메시지를 남기기 시작했다. 이 지독한 알코올 중독자가 남긴 메시지를 읽으며 양심은 말했다.

'내려놓고 술을 먹으라고 하는 뇌가 정상적인 뇌일까? 이러면 안 돼. 이제 정말 술을 끊어야 해. 내가 보기엔 죽음이 코앞까지 온 거 같아.'

'중독 뇌'와 양심의 싸움 사이에서 나는 곤죽이 됐다. 당시에 '양심'이라고 불렀던 나의 '내면 존재'는 '못 말리는 애주가'라는 포지셔닝에 대해서도 애석해했다.

'중독을 애주가란 이름으로 덮는다고 해서 사실이 달라지는 건 아니야. 어떤 애주가도 너처럼 술을 마시지 않아. 언제까지 사람들과 너 자신을 속일 수 있을 것 같니? 넌 알코올 중독자이지 애주가가 아니야.'

아니라고 부정해 봐도 내면 존재의 논리는 명확했다.

깊어지는 중독 속에서 함께 사는 이를 속이는 일은 더 이상 불가능했다. 진실을 말해야 했지만, 겁이 났다. 당시의 일기에는 이런 구절이 기록돼 있다.

'내가 병이 있는 걸 알고도 그가 나를 사랑해 줄까? 애주가인 나도 지긋지긋한데 중독자라고 하면 정말 싫지 않을까? 이런 내가 싫어서 떠나 버리면 어떻게 하지? 내 인생에는 그럼 정말 아무도 남지 않는데……'

고민과 걱정에 휩싸이자 '중독 뇌'는 또 다른 전략을 마련했다. 환자임을 밝히되 '그렇기 때문에 내 마음대로 끊을 수 없다'는 식의 논리를 펴기로 한 것이다. 증상을 핑계로 오히려 음주를 정당화하려는 교묘함은 실제로 알코올 중독자들이 자주 펼치는 전략 중 하나이다.

어느 날 밤, 나는 그를 앉혀 놓고 말했다.

"나 아무래도 알코올 중독인 것 같아. 내 힘으로는 조절할 수가 없어. 요즘은 밤낮없이 술 생각이 나고 한번 마시기 시작하면 끝을 보려고 해. 중독이 아니라면 이렇지 않을 거잖아."

그 말을 하는 동안에도 그와 나 사이에는 술잔이 놓여 있었다. 내가 이미 오래전에 같은 병으로 진단을 받은 사실은 차마 말할 수 없었다. 내면 존재는 아직도 사랑하는 사람을 속이고 있는 내 모습에 슬픔과 유감을 표했다. 나의 상황을 솔직하게 말하고 도움을 구하는 것이 고백의 목적이어야 했지만, 난 그러지 않았다. 최대한 그의 동정에 호소해서 그가 나를 불쌍하게 여기고 나를 버리지 않게 하면서도 나의 음주를 정당화시키는 것, 그것이 나, 아니, 정확히는 '중독 뇌'의 불순한 목적이었다. 나 역시 '중독 뇌'의 시나리오대로 연기하는 연기자 외에 무엇도 아니었다.

그는 언제나 그랬듯 자신이 도울 게 있으면 무엇이든 돕겠다며 내 손을 잡고 나를 다독였다. 그의 조건 없는 사랑과 내 이기심이 극명하게 대비되는 순간이었다. 나는 수치심을 느꼈지만 '중독 뇌'는 만세를 불렀고, 내면 존재는 조용히 입을 다물었다. 이런 시나리오의 전개 속에서 나와 불쌍한 구원자는 더 큰 어둠의 나락에 빠졌고, '중독 뇌'는 또 한 번 음주를 정당화할 수 있는 무기를 손에 거머쥐었다.

장기전에 돌입하다

술을 끊으면 어떤 기분일까?

스무 살 이후 점점 더 많은 술을 마셔 온 나에게 '술이 없는 인생' 같은 건 기억에서 증발한 지 오래였다. 저녁 식사를 하면서 술을 안 마신다고? 감조차 오지 않았다.

여느 때와 다름없이 식탁 앞에 앉아서 보지도 않는 TV를 켜 놓고 소주를 홀짝대던 밤이었다. 당시 나는 하루 두 병이라는 의미 없는 주량 한도를 설정해 둔 '알코올 부채자'였다. 그날 역시 스스로 약속했던 주량을 거의 다 채워 가고 있었다. 못내 아쉬운 마음이 들었다.

'한 병만 더 마시면 딱 좋겠는데.'

그즈음의 나는 갈망의 노예처럼 두 번째 소주병을 딸 때부터 불안해졌다. 약속된 분량이 끝나가는 상황을 지켜보기가 정말 괴로웠다. 결국 갈망을 이기지 못해 세 병, 네 병을 들이켜고, 남자 친구가 잠들었을 때 숨겨 둔 술을 꺼내 조금 더 마시곤 했다.

그런데 그날 저녁은 무언가 이상했다. 더 마실까 말까 하는 고민이 상당히 길어지고 있었다. '어쩌지? 너무 아쉬운데. 오늘따라 술은 왜 이렇게 안 취하는 걸까? 두 병이 왜 이렇게 빨리 끝난 거야? 아, 어떡하지?' 하는 생각이 마구 뒤엉켰다. 고민은 어느덧 10분을 넘어서고 있었다. 나는 고민을 멈춰 보려고 식탁 앞에서 노트북을 열고 글을 쓰기 시작했지만, 머릿속이 복잡해 정신을 차릴 수 없었다.

고민 끝에 나는 평소와 다른 행동을 했다. 담배를 피우러 가는 남자 친구에게 나가는 김에 소주 한 병만 사다 달라고 부탁하는 대신 이렇게 물었다.

"나 한 병 더 마실까, 말까?"

나로서도 이해 가지 않는 질문이었다. 하지만 정말로 당황한 것은 내가 아니라 그였다. 그는 한참이나 말이 없었다. 사려 깊은 성격의 그는 신중하게 말을 고르는 듯했다.

물론 그가 하고 싶을 대답은 분명했다. 사랑하는 사람이 매일 밤 어마어마한 양의 중독 물질로 자신을 파괴하고 있는데 어떤 이가 더 마시라고 대답할 수 있을까. 나는 그런 마음은 전혀 헤아리지 않고, 오로지 내 생각만 하느라 악질적인 질문을 던진 것이었다. 그는 황당한 질문을 듣고도 어떻게 해야 내 기분을 상하게 만들지 않을지 깊이 고민하는 눈치였다. 침묵이 길어지자 나는 하면 안 되는 질문을 했다는 사실을 깨닫고, 그에게 미안하고 부끄럽고 서글퍼졌다.

한참 뒤, 그는 빈 술잔 앞에 앉은 나를 가만히 안아 줬다.

"……오늘은 그만 마셔도 되지 않을까?"

그의 복잡한 마음을 대변해 주는 한 마디였다. 담백하고 다정한 말투에는 애정을, 단호한 어조에는 확고한 생각을 담았다. 그의 대답은 'No'였다.

나는 중증 알코올 중독자답게 반대의 말을 듣자 순간 화가 몰아쳤다. 환자임을 인정하면서도, 환자 취급을 받는 데는 거부감이 들었다. '중독 뇌'는 반사적으로 '나를 알코올에 의존하는 사람 취급한 복수로 술을 마시자'고 말했지만, 동시에 다행히 내면 존재도 희미하게나마 주장했다.

'그의 배려를 무색하게 만들지는 말자.'

5분 정도가 지나자 점차 마음이 누그러지고 차분해졌다.

'그래, 이미 많이 마셨지. 어제도, 그제도, 매일 많이 마셨고. 시간도 이미 늦었네. 차라리 얼른 잠을 자자. 그럼 술 생각이 덜 날 거야.'

그러자 놀랍게도 빨리 술자리를 정리한 후 눕고 싶어졌다. 마지막으로 이런 '정상적인' 기분을 느낀 게 도대체 언제였던가? 조절과 담쌓은 지 꽤 오래된 내가 이런 생각을 한다는 건 사실상 기적이었다. 불분명하지만 좋은 기분인 것은 확실했다. 나를 조금이나마 내 뜻대로 움직인다고 느꼈다. 아주 잠깐, 그토록 원했던 통제력을 되돌려 받은 듯 했다.

'술을 끊는다면 매일 이런 기분일까?'

언제가는 술을 끊을 수 있을까? 5분만 참으면 술 생각이 사라지는 삶, 그 기적 같은 통제력을 나도 맛보는 날이 올까?

그날 밤, 왜 갑자기 그에게 더 마실지 말지 의견을 구했는지는 지금도 정확히 알 수 없다. 그가 괜찮다고 말해 주길 바랐던 걸까? 그 반대를 바랐던 걸까? 그도 아니면, 그냥 네 마음대로 하라는 대답을 듣고 싶었을까?

어쩌면 그날 그에게 던진 질문은 도와 달라고 말할 줄 모르는 내가 에둘러 던진 SOS 신호였을지도 모른다. 소리 없는 전쟁 속에서 혼자서 싸움을 이어 나가기에 내 에너지는 턱없이 부족했다. 그날의 질문은 어쩌면 그를, 그리고 나 자신을 속이는 것을 그만두고 처음으로 든 백기였을지도 모른다.

'이 상황을 벗어나고 싶어. 하지만 나 혼자서는 할 수 없다는 사실을 인정해. 그러니까 나를 좀 도와줘!'

술을 끊고 얼마 지나지 않은 어느 날 밤, 그와 늦은 저녁을 먹고는 침대에 누워 책을 읽고 있었다. 나는 여전히 갈망과 악몽에 시달렸지만 별개로 '술을 더 마실지 말지'에 대한 고민은 하지 않았다. 더없이 평화로웠다. 문득, 그에게 의견을 구했던 저녁을 떠올렸다. 술을 더 마시고 싶었지만 결국 참아 낸 그날, 술을 끊으면 과연 어떤 기분일까 생각했던 그날 밤을.

술을 끊은 뒤에도 나는 여전히 술 생각을 했지만, 그 순간이 길게 지속되지 않는다는 것 역시 알고 있었다. 저녁상 앞에서는 식사에 집중하거나 상대와 대화를 나누면 곧 괜찮아졌다. 잠들기 전에는 책을 읽기 시작했다. 5분 이상 이어졌던 고민은 3분이 되고, 1분이 되고, 마침내 찰나가 됐다. 5분을 참아 본 그날, 나는 '일주일에 한두 번만 마시기' 같은 거창한 계획이 아니라 아주 짧은 시간이라도 참는 것이 단주에 좀 더 가까워지는 방법임을 처음으로 배운 걸지도 모른다.

와 닿지가 않아

술을 끊으려면 가장 먼저 자신이 알코올 중독자임을 인정해야 한다고들 말한다. 옳은 말이다. 그러나 사실 인정만으로는 충분하지 않다. 중독 극복을 위해 '행동'해야 한다는 사실까지 인정해야 단주를 시작할 수 있다. 그렇지 않으면 오히려 중독을 인정했다는 핑계로 더욱 의기양양하게 술을 마실 수도 있다.

실제로 식당에서 한 부부가 술 문제로 말다툼하는 장면을 목격한 적이 있다. 남편이 술을 주문하자 아내는 "오늘은 안 마시면 안 돼? 어제도 많이 마셨잖아"라며 말렸다. 남편은 그게 뭐 어떠냐는 식으로 대꾸했고, 아내는 걱정 어린 몇 마디 말을 덧붙였다. 그러자 남편이 소리쳤다.

"그래 나 환자야. 그래서 뭐 어쩌라고?"

아내는 어이없고 지친다는 표정으로 체념한 듯 입을 다물었다. 그 남편은 나와 똑 닮아 있었다.

남자 친구에게 "나 알코올 중독인 것 같아"라고 한 이후로, 나는 이 세상의 불합리한 피해자임을 자처하며 밤낮없이 술을 마셨다.

나도 이렇게 많은 술을 마시고 싶지는 않다. 하지만 어쩌겠

는가? 나는 중독의 피해자인걸! 지금처럼 되고 싶어서 된 게
아니다……

중독을 인정한 뒤 내가 펼친 논리였다. 극복을 위해 노력해
야 변한다는 사실까지 받아들이지 않으면 '중독 인정'은 거대한
함정이 되고 만다.

내 경우, 노력할 마음이 들지 않은 이유는 '술을 끊은 삶'이
전혀 와닿지 않았기 때문이다. 주변 사람들의 시선, 나를 걱정
하는 가족, 직업이나 생활 문제, 즉 '외부적인 요소' 때문에 술
을 끊으려고 하면, 단주를 하더라도 오래 지속하지 못한다. 내
의도에 의한 긍정적인 반응이 아니라 나를 둘러싼 외부적 요소
를 충족시키기 위한 움직임에 불과하기 때문이다. '누군가를
위해'라는 목적은 중독자에게 적극적이고 강렬하며 긍정적인
충동을 만들어 내기 힘들다. 나 자신도 어쩌지 못하고 있는 상
황에서 어떻게 누군가를 위한 힘을 쥐어짤 수 있단 말인가.

결국 인정을 넘어 실제로 중독을 이겨 내려면, 중독 물질 없
는 삶이 온전히 내 마음에 와닿아 긍정적인 충동을 만들어야 한
다. 하지만 당시 나에게는 술 없는 삶의 모습이 전혀 와닿지 않
았다.

'어떻게 술 없이 저녁을 보내지? 그럼 그 시간에 뭘 해?'

나는 몇 날 며칠이고 시간을 들여 술 끊는 일이 왜 나에게 전혀 와닿지 않는지 고민을 거듭했다. 그리고 마음속에 술 없는 인생에 대한 긍정적인 이미지가 단 하나도 존재하지 않는다는 사실을 알게 됐다. 아무리 적극적으로, 또 긍정적인 마음을 가지고 상상해 봐도 견딜 수 없는 지루함과 공허함만 떠오를 뿐이었다. 또한 나는 술을 마시지 않는 이들을 이해하지 못할 뿐 아니라 고리타분하고 심심한 사람, 또는 진심을 털어놓지 않는 가식적인 사람이라는 왜곡된 인식을 갖고 있었다. 그게 문제였다. 술을 마시지 않는 사람들과의 교류가 진작 끊어졌기에 실상 그들이 어떤 삶을 살고 있는지조차 알지 못하면서, 그릇된 인지를 바탕으로 부정적인 추측만 할 뿐이었다. 여기까지 생각이 미치자 내가 할 일은 명확해졌다. 술이 없는 삶에 대한 '인지를 재구성'해 긍정적인 이미지를 만들어야 했다.

술을 끊는다면 어떤 인생을 살고 싶은지 나만의 리스트를 만들어 봤다(물론 이마저도 술을 마시면서). 일단 술 때문에 저녁이면 발이 묶여 오도 가도 못한다는 사실을 떠올렸다. 나는 즉흥적으로 어딘가 떠나는 걸 큰 낙으로 여기는 사람이다. 고등학생 시절, 수업을 듣다가 갑자기 빨간 등대가 보고 싶어져 조퇴한 뒤 혼자 버스를 타고 바닷가로 훌쩍 떠난 적이 있을 정도다. 그러나 술에 쩌든 이후에는 운전을 할 수 없으니 늘 발목이 잡혔다. 술을 끊는다면 언제 어디로든 운전을 해서 떠날 수 있다는 장점이 있었다! 지금 당장 차에 시동을 걸고, 보고 싶은 것을 보러 가는 내 모습. 분명 즐거운 상상이었다. 자는 남자 친구를 깨워 새벽에 갑자기 일출을 보러 떠난다든지, 한여름 열대야에 시달리는 대신 강가로 훌쩍 떠나 돗자리를 깔고 눕는다든지. 나는 눈을 감고 그런 일들이 실제로 펼쳐진 양 상상했다.

술을 끊는다면 하고 싶은 일을 하나씩 정리한 후에는 '만약 과거의 특정 순간에 내가 술을 마시지 않았다면 어떤 일이 펼쳐졌을까'에 대해서도 생각했다. 나는 언제나 가장 중요한 일을 하기 전 술을 마셨고, 꼭 하고 싶었던 일조차 원하는 만큼 해내지 못했다.

술을 진탕 마시는 바람에 다음 날 중요한 축가를 망쳤던 기억을 떠올렸다. 그리고 술을 마시는 대신 연습실에 가서 축가를 연습하는 내 모습을 상상했다. 축가 당일, 좋은 기량으로 멋지게 축가를 부르는 내 모습을 '봤다'. 정말 뿌듯하고, 보람차고, 진심으로 기뻤다.

이런 식으로 나는 술 때문에 망친 과거의 일들을 하나씩 수습해 보는 시간을 가졌다. 저녁이 되면 어김없이 술의 유혹에 굴복했지만, 어쩐지 정말로 술을 끊을 수 있을 것 같다는 설렘과 희망이 생겼다. 내 인지 구조는 차츰 '술 끊은 인생'을 행복하고 즐거운 것, 가슴 벅찬 것으로 인식하게 됐다.

중독되기 위해 너무 많은 노력을 했다

중독이 고통스러운 이유는 한번 빠지면 벗어나기가 몹시 어렵기 때문이다. 그러나 왜 그렇게까지 빠져나오기 힘든지 그 매커니즘을 이해하는 사람은 많지 않다.

중독은 본질적으로 '시간이 걸리는 병'이다. 갑자기 나타나는 증상이 아니라는 것이다. 이 병에 걸리기 위해서는 오랜 시간과 정성(?)이 필요하다. 그리고 중독자들은 자신이 중독되기까지, 얼마나 효과적인 방법으로 임무를 수행하는지 알지 못한다.

중독에서 벗어나는 법을 연구하면서 '나쁜 습관에서 벗어나는 방법'을 찾기 시작했는데, 어느 날 책을 읽다 입이 떡 하고 벌어지고 말았다. 내가 중독되기 위해 전문가들이 인정하는 '습관을 만드는 최적의 방법'을 쓰고 있었기 때문이다.

좋은 습관을 몸에 들이고 싶다면 그 행동이 노력 없이 자동으로 일어날 때까지 아주 작은 동작부터 서서히, 그리고 꾸준히 지속해 나가는 것이 핵심이다. 이를테면 큰 노력 없이 매일 운동을 하러 나가고 싶다면 5분 이내의 짧은 시간 동안 산책하는 것으로 습관 들이기를 시작한다. 사소할 정도로 짧은 운동을 열흘에서 2주 정도 지속해 익숙해지면 운동 시간을 10분으로 늘린 뒤 열흘을 유지한다. 그런 방식으로 운동을 한 시간까지 늘려 가는 것이다. 이 방식을 활용하면 적절한 운동량까지 도달하는 데는 많은 시간이 걸릴지 몰라도, 운동하는 습관만큼은 정말 확실하게 들일 수 있다. 매일 큰 노력과 의지가 필요하지 않게 되기 때문이다.

중독자가 될 때까지의 나의 음주 습관을 떠올렸다. 첫 주량은 소주 두 잔, 즉 아주 사소한 양이었다. 그러나 매일같이 두 잔을 마셔 대니 얼마 지나지 않아 반병을 해치울 수 있게 됐다. 얼마간의 시간이 지나자 주량은 한 병이 되고, 두 병이 됐다. 나는 말 그대로 꾸준하고 착실하게 주량을 늘려나갔다. 효과적으로 습관을 들이는 그 방식 그대로! 이런 식으로 내 중독 인생을 해석하자 헛웃음이 났다. 인지하지도 못한 채 중독자가 되기 위해 얼마나 큰 노력을 기울였다는 말인가!

이는 내가 결코 단순히 유혹에 빠지기 쉬운 사람은 아니라는 사실을 의미한다. 내 경우 알코올 중독자라고 진단받기까지 5년의 시간이 필요했다. 노력과 정성이 이 정도라면 중독되는 게 당연하지 않은가? 중독은 1~2주의 짧은 노력으로 벗어날 수 있는 병이 아니다. 전문가들은 병을 인식한 후 5년 이내에 중독을 벗어났다면 정말 빨리 벗어난 편이라고 말할 정도다. 대부분은 중독을 쉽게 이겨 낼 수 없다는 점에는 동의하지만, 자신이 중독되기 위해 그만큼의 노력을 들였다는 사실은 잘 모른다. 그래서 고작 몇 달의 노력을 하고는 '왜 나는 노력해도 술을 끊을 수 없냐'며 화를 낸다.

매커니즘을 이해한 뒤로 조급한 마음을 내려놓을 수 있게 됐다. 내가 한 짓이 있는데, 그 노력의 반도 투자하지 않고 이겨 내려 하다니, 가능할 리 만무했다. 그 이후로 자책하는 마음이 들 때마다 생각했다.

'알코올 중독은 시간 병이야. 내가 들인 시간만큼, 낫는 데도 시간이 필요하겠지.'

내 인생의 통제권

도대체 인간은 왜 술을 마시는 걸까? 득보다 실이 많은 것이 자명한데도 말이다. 나 역시 술을 마시는 내내 "이 맛대가리도 없는 걸 왜 이렇게까지 좋아하는지 모르겠다"라고 말하곤 했다. 그럴 때면 함께 술을 마시는 누군가가 "술을 맛 때문에 먹나?"라고 대답하며 웃었다. 알코올 중독을 짧고 명쾌하게 서술한 대화다.

사람들에게 술을 왜 마시는지 물어보면 다양한 답변이 돌아온다. 스트레스 때문에, 우울해서, 기분 좋아지려고, 사회생활 때문에, 잠이 안 와서……. 답변을 자세히 들여다보면 사람들의 마음에 숨은 한가지 욕구가 드러난다. 바로 '내 인생을 내 마음대로 컨트롤하고 싶다'는 욕구이다. 스트레스를 내 의지대로 조절하고 싶은 마음. 부정적 경험에 대한 반응을 조절하고 싶은 마음, 기분을 긍정적으로 끌어올리고 싶은 마음, 사회생활과 인간관계를 원만히 조절하고 싶은 마음, 푹 자고 싶은 마음. 즉, 인생을 뜻대로 통제하고 싶을 때 술을 마신다는 것이다.

러시아의 물리학자 바딤 젤란드(Vadim Zeland)는 '인간의 가장 원초적인 본능은 자기보존 본능이 아니라, 자기 삶을 어떤 식으로든 스스로 통제하고 조종하고자 하는 욕구'라고 말했다.

자기보존과 번식을 포함한 모든 행동은 이 '통제욕'의 결과이며, 인간은 결국 삶의 목표로 현실 조종을 바라게 된다는 것이다. 통제욕을 쉽게 이해하고 싶다면 역할 놀이를 하는 아이들을 관찰하면 된다. 아이들은 끊임없이 상황을 설정한다. 나는 엄마고, 너는 아빠고. 넌 회사에 가고, 난 밥을 만들고. 상황을 통제하며 나름의 행복을 만든다.

'엄마 아빠 놀이'로 대표되는, 통제력을 발휘해 보는 경험은 어른들에 의해 아주 짧게 막을 내린다. 친구와 충분히 놀아야 할 시기에 학원이나 여타 교육시설로 보내지기 때문이다.

성인이 되면 더 많은 규제에 시달리게 된다. 어린 시절에 통제욕을 가로막은 건 엄마, 아빠, 선생님이 전부였지만 이제는 세상 전부가 나를 통제하려고 드는 것이다.

'어른'의 세계는 역할 놀이와 사뭇 다르다. 현실 세계에 변수가 너무 많기 때문에 자신의 결정을 기준으로 평온한 삶을 유지하기란 매우 힘들다. 직장 동료는 내 업무 결과를 지적하고, 가족은 서로 상처를 주지 못해 안달이다. 언제나 금전 문제에 시달리고, 세상은 내가 원하는 걸 쉽게 갖지 못하게 가로막는다. 우리는 매일 매 순간, 기본 욕구가 힘없이 꺾여 나가는 장면을 지켜봐야 한다. 이런 상황에서 대체 무엇을 할 수 있단 말인가? 대체 누가 우리의 삶을 이렇게 무력하게 만드는 것일까?

욕구 불만에 시달리다가 이제라도 자신의 통제욕을 실현하며 살겠다고 나서면, 사람들은 '세상 물정 모르고 철이 없다'는 프레임을 씌우며 겁을 줬다.

"그러다가 인생 망해. 어떻게 사람이 하고 싶은 것만 하고 사니?"

서로가 서로에게 족쇄를 채우는 모양새다. 삶에 대한 의지가 한껏 꺾일 때쯤 사회 구조와 미디어는 기다렸다는 듯이 말을 걸어왔다.

"사는 거 정말 힘들지 않니? 마음대로 되는 것 하나 없고 말이야. 엉망진창인 기분을 끌어올릴 좋은 방법이 있는데, 어때? 내 말 들어 보지 않을래?"

나는 대중매체로부터, 길거리에 도배된 광고로부터, SNS에 떠돌아다니는 수천수만 개의 영상물로부터 이런 메시지를 받았다. 그들은 나에게 술을, 담배를, 과소비를, 과식을 권했다. 정말 완벽한 시스템이었다.

술을 마시고, 담배를 피우고, 지나치게 많이 먹고, 마구 소비할 때마다 나는 잠깐 잊고 지냈던 기본 욕구가 충족되는 것만 같았다. 고단한 하루 끝에 술 한 잔을 들이켜는 순간, 도파민이 생성되며 억눌렸던 욕망은 기쁨의 축제를 열었다.

그러나 축제는 짧고, 나는 다시 사회로 돌아가야 했다. 종일 에너지를 수탈당하고 있자면, 도파민의 축제가 떠올랐다. 그 강렬한 행복을 재현하고 싶어졌다. 기쁨의 크기만큼 중독 물질 또는 행위에 더 자주, 더 많이 손을 대게 됐다. 그러는 동안 나는 한 가지 사실을 망각했다. 우리에게 통제력을 경험하라며 권유한 것이 누구인지! 내가 술을 마시고 담배를 피우고 폭식을 하면 할수록 행복해지는 것이 누구인지 생각해 본 적이 있는가? 전 세계에서 가장 막대한 이익을 창출하는 업계 중 하나가 제약회사라는 점은 결코 우연이 아니다. 나는 술을 마심으로써 그들에게 또 다른 형태로 통제권을 넘겨준 셈이다. 그들이 제공한 손쉬운 방법을 사용함으로써 중독이라는 이름의 족쇄를 달게 된다. 쉽게 얻은 만큼 끊어 내기는 훨씬 어렵다. 이후 또 다른 형태의 수탈이 일어난다.

우리가 해야 할 일은 남이 수탈해 가는 대로 착실하게 건강과 돈과 에너지를 헌납하는 것이 아니라 세상을 불신하게 된 근본적인 이유를 찾고, 당연하다고만 생각했던 것들에 의문을 제기하며 통제권을 돌려받기 위한 전략을 세우는 것이다. 이런 고찰 없이 단순히 술만 끊는 것은 임시방편일 뿐이며 산업 사회와 미디어의 속삭임이 더욱 거세게 당신의 발목을 잡아채도록 빌미를 제공할 뿐이다.

이런 결론에 도달했을 때, 나는 반드시 내 인생의 통제권을 되찾고 말겠다는 열망이 생겼다. 이전이라면 '세상은 내 통제권을 앗아가는 구조이니 어쩔 수 없다'라며 자포자기하고는 무력감 속에 나를 다시 던져 넣었겠지만, 그즈음의 나는 조금 달라져 있었다. 어떻게든 이 수렁에서 스스로를 건져 내겠다는 일념으로 중독과 식이 장애 극복에 도움이 될 만한 온갖 책을 섭렵하고 있었기 때문이다. 내 독서 리스트는 일관성이 없었다. 분야를 가리지 않고, 내용에 제한도 두지 않았다. 조금이라도 나를 살릴 가능성이 있다고 느껴지면 무조건 읽었다.

방대한 양의 독서를 통해 내가 깨달은 것 중 하나는, 외부 상황이 어떻게 돌아가든 모든 결정은 나의 내면에서 이루어진다는 점이었다. 세상이 엉망이기 때문에 중독될 수밖에 없다는 무의식적 신념이 사실이라면 모든 사람이 어떤 형태로든 중독자가 되어야 하지만 실제로는 그렇지 않았다. 나보다 훨씬 더 나쁜 상황에 처해 있어도 중독에 빠지기는커녕 '회복탄력성'을 발휘해 인생을 자신에게 유리한 방향으로 끌고 가는 사람이 얼마든지 있었다. 예전에는 그들을 '타고난 사람들'로 치부해 버렸지만, 책 속 스승들은 나를 따끔하게 질책하며 나의 사고방식이 얼마나 미성숙하고 부도덕한지 일깨워 줬다.

그 와중에도 나는 여전히 술을 마시고 있었다. 하지만 계속 남에게 수탈당하며 살지, 늦게라도 통제권을 돌려받을지는 충분히 선택할 수 있다는 걸 깨달았을 때, 나는 반드시 후자의 삶을 살겠노라고, 마음 깊이 다짐하며 주먹을 움켰다.

모든 것은 나의 선택이었던 거야

15년이라는 긴 중독의 터널을 지나는 동안 나는 점점 더 많은 양의 술을 마셨다. 그 와중에도 불가능해 보이는 이 독성 물질과의 이별을 꿈꾸기는 했다. 내가 써 내려간 일기들을 보고 있자면 안타까움 맺힌 한숨이 흘러나온다. 매일의 도전과 이어지는 실패. 아침의 반성과 저녁의 방종. 다짐으로 시작해서 술 앞에 무릎 꿇는 것으로 끝나는 하루하루.

정말 다양한 노력을 시도했다. 그중에서도 나를 독보적으로 도운 것은 심리학, 마음 챙김, 뇌 과학 등을 통한 마음공부였다. 나보다 한발 앞서 고난과 역경을 겪은 이들의 지혜는 좁디좁은 식견에 갇혀 편협하고 오만한 생각만 하던 나에게 카운터 펀치를 날렸다.

심리학에 대한 관심은 알코올 중독자가 되기 전, 정확히는 스무 살부터 시작됐다. 처음 접한 분야는 정신분석학이었다. 프로이트의 의도와는 달리 나는 정신분석학을 내 불행의 운명론적 해석에 이용했다. 기억도 잘 나지 않는 어린 시절의 사건으로 생긴 트라우마가 부적응 행동의 원인이라는 개념은 과거에 매달리고 남에게 책임을 돌릴 완벽한 구실이 됐다. 우울함의 원인을 찾기 위해 자꾸만 과거의 일을 기억해 내려 애썼다.

기억을 곱씹으며 화내고, 원망하고, 절망하는 날이 늘었다. 과거라는 기둥에 상처라는 밧줄로 자신을 칭칭 감아 두는 꼴이었다.

이런 태도는 심리 상담을 받으러 다닐 때 더욱 분명히 드러났다. 상담사는 자꾸만 과거의 기억을 물었다. 어린 시절에 어떤 사건이 있었는지, 어른들로부터 받은 상처는 무엇이었는지, 당시 어린 나는 무엇을 느꼈는지 등. 그런 것들에 대해 이야기하는 시간은 고통스러웠다. 잠시는 공감과 위로를 받는 듯했지만 상담을 끝내고 나면 '그래 맞아. 그런 일도 겪었지. 난 정말 불쌍한 아이야'라며 자기연민에 빠지거나 '어떻게 어른들은 어린 나에게 그런 상처를 줄 수 있었던 거지?'라며 분노에 휩싸이기 일쑤였다. 심지어 전혀 관련 없는 일로 기분이 나빠진 날에도 구태여 과거의 기억을 곱씹으며 이게 다 어린 시절의 상처 때문이라며 술을 들이켰다. 과거를 들먹이는 방식은 결국 나를 이해하는 데 아무런 도움이 되지 않았고 오히려 좁은 틀 안에 나를 가둬버렸다.

많은 시간이 흘러 중독을 이겨 내고자 발버둥 치게 됐을 때, 나는 지푸라기를 잡는 심정으로 그동안 관심이 없었던 분야나 이론에도 마음을 열기로 했다. 수많은 지식과 주장 속에 어쩌면 내가 찾는 답이 있을지도 모르니까. 비과학의 영역이나 비주류 사상에는 아무런 관심도 없던 나였지만 서점에 들르면 일단 편견을 내려놓고 여러 책을 뒤져 보기 시작했다. 나의 관심을 이끈 것은 심리학, 뇌과학, 종교, 영성, 식이요법, 영양학에 이르기까지 다양했다.

그중에서도 나의 뒤통수를 제대로 강타한 것은 알프레드 아들러(Alfred Adler)의 개인심리학이었다. 인간은 과거의 사건으로 어른이 되어서도 고통받는다는 프로이트의 주장과 달리, 아들러는 인간은 얼마든지 변화를 선택할 수 있는 존재라고 말했다. 나는 큰 충격을 받았다. 아들러 심리학을 읽어 내려갈수록 내면에 존재하는 누군가로부터 이런 말을 듣는 것만 같았다.

'이제 피해자인 척은 그만두지 그래.'

분명 나는 피해자라고 믿어 왔고, 그게 나를 지탱하는 힘이었는데, 그 생각이 뿌리부터 흔들리기 시작했다. 개인심리학을 공부하면서 내가 왜 중독에 가까워지는 사고방식에 갇힐 수밖에 없었는지 명확히 알게 됐다. 나에게는 있는 그대로의 나 자

신을 받아들일 용기도, 눈앞에 벌어진 문제를 직시할 용기도
없었다. 대신 타인의 기대를 채워 좋은 평가를 받고, 비난을 피
하고자 내 인생을 헌납하고, 영혼을 바쳤다. 아들러에 의하면,
내 중독 상태는 스스로 선택한 것이었다. 그 누구의 탓도 아니
었다. 부정하고 싶었지만 그럴 수 없었다. 여전히 마음 편하게
피해자로 남고 싶은 내게 아들러는 자꾸만 '팩폭'을 날렸다.

과거 사건에 치중하기보다는 현재에 집중할 수 있도록 돕는
이론, 경험담, 고대의 지혜 등을 탐독하기 시작했다. 시야를 넓
히자 '지금 여기'를 강조하는 사상가나 영적 스승이 세상에 넘
치도록 많다는 사실을 알게 됐다. 그들을 공부하며 나도 스스
로의 현실을 바꿀 수 있다는 희망이 생겼다.

나는 여전히 술을 마시고 있었지만, 더 이상 과거에 갇혀 비
난이나 원망만 늘어놓지는 않았다. 술에서 깨어 있는 시간 동
안만큼은 나를 현재에 머물게 하고 마음속 소리를 듣는 법을 연
습하며 공부를 이어 나갔다. '중독 뇌'에 굴복해 술잔을 손에 쥐
고 있으면서도 믿음은 점점 커졌다. 지금의 내 모습은 이럴지
몰라도, 반드시 이 지옥을 벗어날 수 있을 거라는 믿음. 점차 그
것은 확신으로 변했고, 무럭무럭 자라 신념이 됐다.

소위 '근자감(근거 없는 자신감)'을 가진 사람들이 있다. 나쁜 의미로 쓰이기도 하지만, 내게는 눈에 보이는 근거 없이도 꼭 해야 한다고 생각하면 자기 소신대로 밀어붙이는 사람들이다. 근자감에는 거대한 비밀이 숨어 있다. '내가 원하는 대로 되리라'는 믿음이다. 믿음은 그 자체로 가장 강력한 '근거'가 된다. 그렇기에 행동하지 않을 이유가 원천적으로 제거되고, 실제로 행동해 정말로 원하는 결과를 얻게 된다. 반대로 외부 세계를 과하게 신경 쓰고 자신감을 얻기 위한 근거를 '논리적'으로 찾는 사람은 오히려 불신하는 것이 많아진다. '원하는 것을 얻기란 쉽지 않다'라는 명제를 근거로 하기 때문에 자신감이 떨어지고, 행동할 이유를 제거하고, 결국 '하지 않는' 결과를 만든다.

술을 퍼붓던 때의 나는 현실 세계의 암시와 조건을 근거로 나 자신을 포함한 많은 것을 불신했다. 그리하여 내 인생은 행동하지 않는 쪽으로 흘러갔고, 아무 결과를 내지 못한 채 정체돼 있었다. 나름의 '논리'와 '이성적 판단'이 족쇄가 돼 나를 아무것도 하지 않는 존재로 만들었다.

나는 근자감을 가져 보기로 했다. 술잔을 놓지 못하고 있으면서도, 숙취로 이불 속에 파묻혀 고된 시간을 보내면서도 부정적인 생각이 떠오를 때마다 속으로 말했다.

'나는 언젠가 꼭 술을 끊게 될 몸이야.'

'나는 술을 끊게 돼. 내가 알아.'

외모 집착으로 인해 거울 속 나를 뜯어 보며 엉엉 울고 난 뒤에도 '나는 이 끈질기고 무서운 외모 집착을 이겨 낼 걸 알고 있어'라고 끊임없이 되뇌었다.

생각을 반복하자 놀랍게도 도대체 어디서 오는지 알 수 없는 자신감이 생겨나기 시작했다. 하루는 여느 때와 다름없이 저녁 식탁에 술을 올렸는데, 소주잔을 보자마자 '근자감'이 솟구쳤다. 저 괴물 같은 술을 끊을 수 있는 날이 정말 멀지 않았다고 느꼈다. 비언어적이었지만 강렬하고 확실했다. 등줄기에 소름이 돋았다. 믿음과 자신감은 어딘가에서 주어지는 게 아니라 의식적으로 선택하고 만들어 낼 수 있는 것이었다.

술을 끊은 후에도 부정적인 생각이나 두려움에 직면할 때면 술잔을 보며 확실한 자신감을 느꼈던 그날을 떠올리곤 한다. 모든 것이 내 선택이라는 것을 알게 되면, 두려움은 자동으로 고개를 숙인다.

사
망
선
고

깨달음이 계속되는 중에도 나는 여전히 술잔을 내려놓지 못하고 있었다. 아이러니하게도 오히려 인생의 마지막을 향해 치달아가듯 폭주를 거듭하고 있었다. 나에 대한 믿음과 불신, 삶에 대한 희망과 절망, 변화에 대한 갈망과 냉담함이 혼재한 혼란스러운 나날이 이어졌다.

어제 마신 술은 아침이면 병이 돼 돌아왔다. 이렇게 살아가느니 죽는 게 훨씬 낫겠다 싶은 아침이었다. 화장실을 들락거리며 나오지도 않는 것을 변기에 억지로 게워 냈다. 구역질하는 소리가 문밖으로 새어 나가지 않도록 세면대 수도를 최대로 열어 놓았다. 남자 친구에게는 어제 먹은 음식이 뭐가 잘못됐는지 계속 배가 아프다고 거짓말했다. 다음 날이면 전날 이상의 폭음을 했고, 몸은 미처 해독할 수 없는 어마어마한 양의 알코올을 몸 밖으로 밀어내며 나를 살리려 애썼다.

문자 그대로, 당장 죽을 수도 있을 것 같았다. 하지만 변기를 붙들고 있는 순간에도 '중독 뇌'는 말했다.

'차라리 지금 한잔 빨리 마시면 괜찮아질 텐데.'

등골이 서늘했다. 나는 이제 제대로 미쳐 버린 것이 분명했다. 그러나 내 상태에 대한 고민은 채 5분도 이어지지 않았다. 내 존재의 밑바닥을 마주하자 오히려 걱정도, 근심도, 절망도 사라졌다. 아무런 감흥도 없었다. '기왕 미친 거 어디까지 가나 보자' 하면서 쉼 없이 액셀을 밟는 모양새였다.

나는 결국 술을 마시기로 했다. 남자 친구에게는 늦은 아침을 먹자고 했다. 화장실을 들락거리느라 기운이 없으니 오늘은 뭔가 사다 먹는 게 어떻겠느냐는 나의 말에, 그는 먹을 것을 사러 나갈 채비를 했다. 나는 현관을 나서는 그의 뒤통수에 대고 말했다.

"오는 길에 소주도 한 병만."

그를 기다리는 동안 나는 이불 속과 화장실을 번갈아 들락거렸다. 이불 속에 파묻히면 곧 참을 수 없는 구역질이 밀려왔다. 변기를 붙들고 에너지를 쏟아 내면 몸은 눕는 것 외에는 아무것도 할 수 없는 상태가 됐다. 오래 데친 시금치처럼 곤죽이 돼 가는 몸속에서 아직도 나올 것이 남았다면, 그가 도착하기 전에 모두 나와 주기를 바랐다. 그리고 이불 속에서 '차라리 죽었으면 좋겠어'라는 말을 되뇌었다.

그는 집에 도착하자마자 식탁에 음식을 차렸다. 나는 시체처럼 파리한 모습으로 식탁에 앉았다. 사 온 사람의 성의를 보며 잠시 먹는 척을 한 뒤, 구역감을 애써 누르며 소주잔을 입에 갖다 댔다. 몸은 곧장 거부 반응을 보였다. 몸이 해장술마저 거부한 것은 처음이었다. 당혹스러웠다. 하지만 '중독 뇌'는 포기하지 않았다. 나는 울렁이는 속으로 화장실을 왔다 갔다 하며 아주 천천히 소주를 마셨다. 한 잔을 네댓 번에 나눠 마시자, 차츰 구역감이 사그라드는 게 느껴졌다.

'살 것 같네.'

머릿속에서는 두 자아가 대화를 나눴다. '중독 뇌'가 미친 소리를 하면, 내면 존재가 기막혀했다.

'살 것 같다고? 술병이 났는데 술을 마셨더니 살 것 같아?'

'이제 속이 내려가잖아. 겨우 사람 속이 된 거 같은데.'

두 자아가 말다툼하는 동안, 나는 동공이 풀린 채 소주를 홀짝대며 텔레비전을 응시했다. 내가 뭘 보고 있는지, 뭘 먹고 있는지도 모르는 채였다. 텔레비전도, 내 내면의 어떤 존재들도 각자 떠들고 있었다. 나는 그 모든 소리를 들으면서도 아무것도 생각하지 않았다.

어떤 상태를 '정상'이라고 정의하는지는 모르겠지만, 어쨌든 정상적인 사람으로서의 나는 끝난 것이 자명했다. 아무 감정도

들지 않았다. 더 이상 자기연민도, 자기혐오도 일어나지 않았다. 그렇게 나는 계속 낮술인지 아침 술인지도 모를 술을 마시고 있었다.

그때 머릿속에 어떤 메시지가 떠올랐다. 목소리 같기도 하고, 형체 같기도 하면서, 정확한 실체는 없는 그 메시지는 이랬다.

'네 영혼은 이제 죽었다.'

메시지는 명확했다. 사망 선고였다. 온몸이 쭈뼛 서는 서늘함을 느꼈다. 술을 마시기 시작한 뒤 나는 줄곧 헛것을 보거나 망상에 시달려 왔지만, 지금처럼 '메시지'를 받은 경험은 없었다. 공포가 일었다. 나는 이 감정에 익숙한 방식으로 대응했다. 더 많은 술을 마시고 완전히 취해 버린 것이다. 오후 내내 잠을 잤고, 자다 깨서는 이른 저녁 식사를 핑계로 곧장 술을 마시기 시작했다. 그때, 또다시 '그것'이 메시지를 보냈다.

'네 영혼은 이제 죽었다. 네 목숨은 완전히 끝났다.'

나는 이미 죽는 것보다 훨씬 못한 삶을 살고 있었지만, 또다시 사망 선고가 떨어지자 알 수 없는 설움이 복받쳤다. 내가 뭘 그렇게 잘못했을까? 나는 왜 이렇게 됐고, 왜 죽어야 하는가? 내 영혼은 왜 사망 선고를 받아야 할까? 이렇게 될 때까지 나는 대체 뭘 한 거지? 나에게 죽음을 알리는 저 존재는 대체 누구인가?

온갖 질문이 나를 덮쳤고, 압사당할 것만 같았다. 괴로움에 흐느끼며 남자 친구에게 말했다. 정말로, 정말로 술을 끊고 싶다고. '술을 끊고 싶다'고 생각한 것은 10년을 훌쩍 넘겼지만 이제까지의 바람은 진심이 아니었던 것처럼 느껴졌다. 나는 계속해서 말했다. 무언가 잘못됐다는 걸 누구보다 잘 알고 있다고. 나는 살고 싶다고.

2
0
1
8
0
9
2
4

세상에는 수많은 유혹이 존재한다. 감각을 빠른 속도로 자극하고, 순간의 쾌락을 맛보게 하는 매혹적인 것들. 내게는 술이 그런 존재였다. 새로운 감각을 알려 주고, 또 다른 세상의 문을 열어 준 연인이었다. 유혹이 순간적인 자극을 선사하듯, 만남도 한순간뿐이라면 좋았을 텐데, 나는 그 연인을 너무 오래 곁에 두었다. 오래된 연인이 헤어졌다가도 결국 다시 만나듯, 나도 술과 헤어지지 못했다. 헤어짐은 말이나 생각이 아니라 '행동'이다. 나는 10년 내내 말과 생각만을 반복했고, 행위 없는 헤어짐은 불가능했다.

'그것'으로부터 메시지를 받고 난 뒤, 이제는 정말로 헤어지기 위해 행동하지 않으면 안 된다는 것을 직감했다. 목숨값을 지불해가면서까지 나는 왜 이 매혹적이고 잔혹한 연인과의 이별을 회피한 걸까? 어쩌면 나는 이별 절차를 두려워했던 것인지도 모른다. 내가 이별하려고 하면, 술이 울며불며 발목을 잡을 것만 같았다. 그로 인한 폭풍 같은 파괴력 즉, 엄청난 갈망, 미친 듯한 금단 현상, 나를 지배할 온갖 종류의 부정적인 감정이 두려웠다. 이 연인이 얼마나 지독한 존재인지 너무 잘 알고 있었으니까. 그렇지만 이제 더 이상 그 절차를 미룰 수 없다는 것 역시 알고 있었다.

사망 선고 메시지를 받은 다음 날, 나는 일찍부터 외출하는 남자 친구를 차로 역까지 태워다 줬다. 그리곤 역 인근 백화점에 들러 보드카 한 병을 샀다. 중독자로 사는 내내 술을 집어 들 때마다 수치심, 죄책감, 비참함 등이 마구 뒤섞여 마음이 복잡했지만 그날은 아무 감정도 느껴지지 않았다.

집으로 돌아온 나는 햇빛이 쨍하게 들어오는 식탁 앞에 앉아 창문을 열어 놓고 보드카와 탄산수를 꺼냈다. 투명하고 큰 유리잔에 두 액체를 섞고, 텔레비전을 크게 튼 뒤 조금씩 들이켜기 시작했다. 여느 때와 다르게 취하고 싶다는 마음이 없었다. 나는 마치 프로그래밍에 따르는 기계처럼 텔레비전에 시선을 고정한 채 아무 감정 없이 조금씩 술을 마실 뿐이었다.

그러나 취기가 올라오기 시작하자, 갑자기 잔잔했던 감정의 호수에 누군가가 커다란 돌덩이를 던진 듯 감정의 폭풍이 휘몰아쳤다. 불현듯 눈물이 터져 나왔다. 어떤 생각과 감정이 이 파장을 일으키는 것인지 파악하지도 못하고 마구 울었다. 그때, 사망 선고 메시지가 다시 울려 퍼졌다.

'너의 영혼은 이제 완전히 죽었다.'

그제야 술을 사서 돌아오고, 마시는 그 모든 과정에서 왜 평소와는 다르게 아무 감정도 느껴지지 않았는지 알았다. 나는 이 메시지를 기다리고 있었다. 아니, 메시지를 불러내려던 것인지도 모른다. 나는 막다른 곳으로 나를 몰아가 줄 존재를 기다리고 있었다. 메시지는 하나의 목소리에서 여러 목소리로 바뀌었다. 화가 잔뜩 난 목소리들이 내 머리 위로 사망 선고를 쏟아 부었다. 나는 처절하게 울면서 발악하듯 보드카를 들이켰다.

빈 술잔에 다시 보드카를 따르려다가 문득 깨달았다. 지금 여기서 한 방울의 술이라도 더 마시게 되면 나는 이 지독한 연인과 영영 헤어지지 못하리라는 것을. 나는 벼랑 끝에 아슬아슬하게 서 있었다. 여기서 한 발짝만 더 떼면, 돌아오지 못하는 지옥으로 떨어질 것이 분명했다.

나는 다음 행동을 결정해야 했다. 벼랑에서 내려와 삶을 선택할지, 벼랑 밑 연인의 품으로 떨어져 사망 선고를 현실로 만들지. 메시지는 선택을 독촉했다.

나는 보드카를 들고 싱크대로 갔다. 마개를 열고, 반쯤 남은 보드카를 전부 부었다. 말로만 떠들던 이별이 마침내 행위로 연결되는 순간이었다. 이어 냉장고에 남아 있던 술, 요리할 때 쓰겠다는 핑계로 보관했던 술, 선물 받은 술, 남자 친구가 잠들면 몰래 마시기 위해 옷장과 가방에 숨겨 둔 술까지 모두 꺼내 남김없이 흘려보냈다. 벼랑 아래에서 울고불고 매달리는 연인 앞에서 나는 최초의 단호함을 내보였다. 말뿐인 이별 통보가 아니었다. 2018년 9월 24일, 나는 정말로 술과 이별했다.

마지막 숙취

15년에 걸친 음주 생활은 그렇게 끝났다.

하지만 모든 이별이 그렇듯, 연인을 떠나보낸 후 홀로 정리해야 할 것들이 남아 있었다. 어쩌면 진짜 감정의 소용돌이는 이제부터 시작인지도 몰랐다. 그리고 내 인생의 마지막 숙취가 기다리고 있었다.

2018년 9월 25일. 약속이 있었던 터라 아침 일찍부터 움직여야 했다. 마지막 숙취는 여느 때와 다름없이 지독했다. 두통, 작열감, 구역감. 일상이 된 비정상적인 상태였다. 샤워를 시작했다. 눈을 감고 떨어지는 물줄기를 맞았다. 뱃속이 뜨겁고, 금방이라도 모든 걸 토할 듯 속이 매스꺼웠다. 이 지겹도록 익숙한 통증들을 흐르는 물줄기에 씻어 보내고 싶었다.

나는 술과 이별했지만, 정말 이 상태를 지속할 수 있을지 두려웠다. 다시 돌아가지 않을 수 있을까?

응급실의 차가운 침대에 누워 목숨을 잃어가던 그 옛날이 떠올랐다. 나는 첫사랑에게 이별 통보를 받은 상태였다. 내 소식을 듣고 응급실로 찾아온 첫사랑에게, 나는 제발 날 떠나지 말라며 울고 매달렸다. 무엇이 나를 그토록 두려움에 떨게 만들었을까. 자극적인 드라마 같은 상황으로도 그를 붙잡을 수는 없었다. 그는 나에게 많은 기회를 줬지만 나는 건강한 관계를 유지하는 데 실패했다. 나약했던 나는 관계에 선을 그을 수 없었다. 마지막의 마지막 장면도 떠올랐다. 고맙게도 그는 뒤도 돌아보지 않음으로써 우리 관계를 완벽하게 끝냈다.

술과 나의 관계도 비슷했다. 우리가 지긋지긋한 드라마 속 연인이라면 관계에 냉정하게 선을 긋고 청산할 힘은 누구에게 있는 걸까.

　'내가 정말 이 관계를 끝낼 수 있을까?'라는 질문은 마치 '네가 날 떠나서 행복할 수 있을 것 같아?'라는 알코올의 목소리처럼 들렸다. 내가 첫사랑에게 그랬던 것처럼, 알코올도 나에게 고집스럽고 지독하게 집착하고 있었다. 술과 나의 관계는 전혀 건강하지 않았다. 매일 밤 함께 있어도 부족하다는 어리고 철없는 연인처럼 더욱더 오래, 가까이 있으려 바둥거렸다. 나는 술에 조금씩 자신을 빼앗겨 갔다. 시간이 흘러 무언가 이상하다는 걸 알았을 때는 이미 내 모든 것을 장악당한 뒤였다. 잘못됐다는 사실을 깨달을 땐 이미 많이 늦은 것, 그것이 중독의 정의다.

첫사랑이 곁을 떠난 뒤로, 나는 한동안 아주 많이 괴로워했다. 그렇지만, 글쎄. 아픔이 생각처럼 그리 오래가지는 않았었다. 죽을 것 같으면서도 한편으로는 버틸 만했다. 그가 없다고 세상이 어떻게 되지는 않았다. 나는 한참을 떠나 있던 나의 세상으로 돌아왔고, 그는 자기 세상으로 돌아갔을 뿐이었다. 그는 어땠을까. 홀가분했을까? 아니면 한 번쯤 내가 걱정돼 돌아가 볼까 고민했을까?

아무튼 나는 술과 이별했다. 내가 술의 품으로 돌아가게 되는 건 아닌지, 아니면 술 없이도 잘 살 수 있을지 하는 걱정은 헤어진 후 겪는 당연한 감정 중 하나일 뿐이었다.

술이 내게 물었다.

'네가 날 떠나서 행복할 수 있을 것 같아?'

나는 대답했다.

'그래.'

술과 이별했다고 해서 특별히 홀가분하거나 기쁜 건 아니었다. 그렇다고 슬프거나 불안하지도 않았다. 그저 어떤 흐름에 올라탄 기분이었다. 헤어질 때를 한참 놓친 뒤에 겨우겨우 이별했지만, 어쨌거나 이별은 흘러가는 인생의 많은 사건 중 하나였다. 그 흐름에 자연스럽게 나를 맡겨 보기로 했다.

돌아온 탕자

술을 끊고, 숙취마저 없는 첫 아침을 맞이했다. 밤새 잠을 거의 자지 못했고, 땀을 엄청나게 쏟았다. 정신이 없고 몽롱했지만, 적어도 당장 토할 것 같지는 않은 데 사소한 기쁨을 느꼈다.

샤워를 끝내고 나오자 남자 친구는 그라인더에 커피를 갈고 있었다. 커피를 기다리며 밤새 온 연락과 오늘 해야 할 일의 목록을 정리했다. 술을 마시던 때와 크게 달라진 것이 없는 아침이었다. 그러나 중대한 차이점이 있었다. 나는 더 이상 아프지 않았다.

술 때문에 매일 아픈 몸으로 아침을 맞을 때는 커피가 각성제 역할을 했다. 약처럼 느껴지니, 고맙지도 즐겁지도 않았다. 아프지 않은 몸으로 마시는 커피는 향긋하고, 맛도 좋았다. 해야 하니까 하는 일도, 하기 싫은데 하는 일도 없었다. 나는 15년 만에 몸도 정신도 아프지 않은 세계로 돌아왔다는 것을 깨달았다. 오랫동안 가시나무 숲, 진흙 구덩이, 물 한 방울 없는 사막, 차가운 남극을 헤매다가 언제나 그 자리에 있던 내 집에 비로소 돌아온 느낌이었다.

'정말 다행이야.'

나는 숨을 깊게 들이마셨다가 천천히 내뱉었다.

숲, 구덩이, 사막, 남극을 벗어나는 동안 마주했던 수백 번의 실패 하나하나마저 잔잔한 빛의 물결처럼 느껴졌다. 중독자인 나에게는 아주 힘겨운 전투였다. 매일의 전쟁터에서 나는 단 한 번이라도 승전고를 울리고 싶었다. 그 열망은, 실패로 돌아 간 후에도 사라지지 않고 '경험'이란 이름으로 남아 다음 전략 을 구상하게 했다. 그리고 나는 조금씩 성장했다. 내 손으로 만 든 값진 승리를 조용히 자축했다. 축배의 잔에는 술이 아닌, 사 랑하는 남자가 내려 준 커피가 담겨 있었다.

어떻게 다시 집으로 돌아왔냐는 질문, 그러니까 그렇게 심각한 중독을 끊어 내는 게 어떻게 가능했냐는 질문을 받을 때마다 나 는 15년의 어두운 세월을 떠올린다. 살아 온 인생의 절반가량 술을 마셨고, 마시는 동시에 벗어나기 위해 몸부림쳤다. 그 고 뇌의 시간 1분 1초가 모두 내게 필요한 과정이었다. 시간의 잔 해가 한 켜 한 켜 쌓이지 않았다면 나는 저 높은 곳에 위치한 회 복이라는 깃발을 결코 뽑을 수 없었을 것이다.

분명한 사실은 탕자에게 돌아갈 집이 있다는 것이다. 지금은 그 길이 어딘지 알지 못하더라도, 집으로 돌아가는 지도를 갖고 있지 않다고 해도 말이다. 잘못 들어선 길이 늘어날수록 헤맬 확률은 줄어들고 새로 가야 할 길이 어디인지도 알게 된다. 어쩌면 의외의 곳에서 반가운 단서를 찾게 될지도 모른다. 이제 집에 다 와 간다는 희망의 메시지 말이다.

술을 끊고 난 뒤에 만난 많은 사람이 비결을 물어온다. 그러나 내가 찾은 것은 '내 집으로 돌아가는 방법'이지 다른 사람의 집을 가리키는 지도가 아니다. 탕자에게는 각자의 집이 있다. 그리고 각자의 집으로 돌아갈 방법은 자기 자신만이 찾을 수 있다. 그래서 나는, 하나의 길을 찾을 때까지 마음을 열고 가능한 한 전부 가 보라고 말한다. 지독하게 길고, 무척이나 힘들 것이다. 자주 지치고 많이 쓰러질 것이다. 하지만 그렇게 해야 목적지에 도달할 수 있다. 그리고 누구든 집으로 반드시 돌아갈 수 있다고 나는 굳게 믿는다. 당신도 집으로 돌아갈 수 있다.

거의 다 왔다. 당신의 집에.

여전히 버티는 중입니다

잠은 도대체 어떻게 자는 거지?

술을 끊고 나면 바로 모든 것이 좋아지리라는 건 심한 착각이다. 사실 단주 후에 새로운 유형의 고난이 시작된다.

술을 끊은 후 나는 어린아이처럼 '사는 법'을 다시 배워야 했다. 식사 자리에서 술 없이 음식을 먹는 법을 익혀야 했고, 분노나 짜증이 치밀어 오를 때 혼자서 이겨 내는 방법을 찾아야 했다. 우울한 기분이 들 때 그 상태에 잠식되지 않고 빠르게 생각의 자리를 옮겨야 했다. 새로운 것을 익히는 과정은 그리 쉽지 않았고, 많은 에너지를 필요로 했다. 짧은 낮잠조차 제대로 자지 못하는 금단의 나날 속에서 나는 의지력이 바닥나지 않도록 많은 노력을 기울여야 했다.

하루를 마무리하고, 남자 친구에게 좋은 꿈 꾸라는 말과 함께 나도 잠을 청했다. 눈을 감은 채 평온한 마음을 유지하기 위해 심호흡을 하고 하루를 정리하는 명상을 시작했다. 그러다 문득 내 몸의 에너지가 엄청나게 정체돼 있다는 사실을 알고는 화들짝 놀랐다. 내 몸 전체에 어마어마하게 힘이 들어가 있었다. 주먹은 꽉 쥔 채 가늘게 떨리고 있었고, 발가락은 전부 오그라들어 다리에 쥐가 날 듯했다. 미간은 잔뜩 찌푸려져 있었고 턱은 경직돼 있었다. 어깨에서는 통증이 느껴졌다. 나는 잠들기 전에도 안정을 취하지 못하고 있었다.

도대체 얼마나 오랫동안 이런 상태로 살아온 것일까? 알코올에 의존한 시간과 불면의 시간은 비례했다. 아무리 자려고 노력해도 술 없이는 전혀 잠들 수가 없었다. 침대 위에서도 불안에 떨었던 20대 시절의 내 모습이 떠올랐다. 차가운 이불 속에서, 내일도 힘들고 고통스러운 하루가 다시 시작된다는 생각에 괴로웠다. 당시 나에게 새로운 하루는 희망이 아니라 공포 그 자체였다. 스스로를 달래려 할수록 불안감은 걷잡을 수 없이 커져 작은 방 전체를 가득 채웠다. 나는 불안감을 이기지 못하고 결국 잠자리에서 일어나곤 했다.

어설프게 술을 마시면 온밤을 지새워야 했기에 잠을 자고 싶다면 말 그대로 떡이 될 때까지 술을 들이켜야만 했다. 술의 힘을 빌리지 않고서는 가장 안락해야 할 침대 위에서조차 몸에서 힘을 풀 수 없었던 것이다. 잠자리에 누우면 온몸이 자동으로 경직되는 상태는 그때부터 시작된 것 같았다. 불안감에 저항하려면 그럴 수밖에 없었을 것이다. 삶에서 술은 사라졌지만 그 안쓰럽고 서글픈 반응은 여전히 내 몸에 남아 있었다.

나는 몸에서 힘을 푸는 연습을 시작했다. 한껏 오므라든 발가락 하나하나에서 힘을 빼고, 발목을 천천히 돌리고, 굳은 다리를 근육의 결을 따라 풀어 줬다. 움켜쥔 듯 힘을 주던 배에서도 자연스럽게 힘을 풀고, 숨을 깊게 쉬며 갈비뼈의 자유로운 움직임을 느꼈다. 치솟았던 어깨를 내리고, 손가락의 힘을 풀고, 얼굴 근육을 이완시켰다. 그렇게 매일 밤 나는 발가락 끝부터 머리 꼭대기까지 내 몸을 느끼며 '보디 스캔'을 했다. 몸이 풀어지는 느낌은 마치 나 자신에게 이렇게 말하는 듯했다.

'이제 아무 걱정도 하지 마. 너는 모든 것을 내려놓고 달콤한 잠에 들 자격이 있어. 새로 시작되는 하루와 함께 너도 다시 태어나는 거야.'

불안은 어느덧 잠잠해지고, 걱정은 조용히 뒤로 물러났다. 비로소 잠드는 느낌이 무엇인지 알게 됐다. 내 안에서 오랫동안 불안에 떨던 '어린 나'는 오랜 시간이 지나고 나서야 비로소 '잠드는 방법'을 배워 나갔다.

악
몽

당연한 말이지만 금단 현상은 하루 이틀, 혹은 일주일만 버티면 끝나는 단순한 증상이 아니다. 나는 정말 다양한 금단 현상에 시달렸다. 우선 편두통이 심해져서 때때로 이렇게 아플 바엔 죽는 게 낫지 않을까 하는 생각이 들기도 했고, 얼굴을 포함한 전신의 피부는 파충류가 탈피하듯 벗겨져서 움직일 때마다 탈각된 피부가 비듬처럼 우수수 떨어졌다. 팔에는 보기 흉한 두드러기가 잔뜩 올라와서 미친 듯이 가렵고 짓무르기까지 했는데, 낮 동안은 그 가려움을 어떻게든 참아 냈지만 잠든 사이마구 긁어대서 다음 날이면 도루묵이 됐다. 병원에서조차 몸속에서 해독이 너무 빠르게 진행돼 그런 것이니 장에 좋은 음식을 먹으면서 기다리는 수밖에 없다고 했다. 그야말로 버티는 것말고는 방법이 없었다.

그중에서도 나를 가장 심하게 괴롭혔던 것은 불면, 그리고 겨우 잠이 들 때마다 어김없이 꾸게 되는 악몽이었다. 꿈은 모종의 이유로 내가 술을 마시게 되는 상황이 대부분이었다.

이를테면······.

꿈속의 나는 잠에서 깨어난다. 머리가 깨질 듯이 아프다. 여기가 어디인지는 모르겠지만, 분명한 건 몸이 너무 아프다는 사실이다. 당장이라도 모든 걸 게워 낼 듯 속이 메스껍다. 눈에 초점이 맞지 않아서 주변도 잘 보이지 않는다. 겨우겨우 정신을 차리고 미간을 찌푸린 채 주변을 둘러보자, 낯익은 얼굴이 보인다. 그들은 나를 보며 자기들끼리 키득대고 웃는다. 내가 묻는다.

"여기가 대체 어디야?"

내 말에 그들은 다같이 파안대소를 한다. 친구 1이 말한다.

"너 정말 하나도 기억 안 나?"

나는 뭐가 기억나야 하는 거냐며, 여기가 어디인지, 내가 왜 여기에 있는지도 전혀 모르겠다고 대답한다. 내 말을 들은 일동은 또 푸하하 하고 웃음을 터뜨린다. 친구 2가 말한다.

"너 어제 코가 비뚤어지도록 술 마셨잖아!"

술을 마셨다고? 내가? 이제야 그 끔찍한 술을 겨우 끊었는데, 다시 손을 댔단 말이야? 가슴이 심하게 요동치고 당장이라도 기절할 듯 숨이 차오른다. 머리도 아프다. 눈물이 흘러내린다. 숨쉬기가 어렵다. 혼란과 절망 속에 천식 발작을 일으킨 내 주변을 친구들이 둘러싼다. 그들은 정말 우스워 죽겠다는 듯이 나를 비웃으며, 형형색색의 칵테일로 축배를 든다.

"어떡하니? 이제 다 틀렸네."

악몽을 꿀 때마다 나는 식은땀을 흘리고 발작을 일으키며 잠에서 깼다. 얼굴은 눈물로 범벅돼 있었다. 끔찍할 정도로 기억이 선명했다. 일어나서도 한동안 꿈과 현실을 구분하지 못해 흐느끼다가 결국엔 모든 게 꿈이었다는 사실에 안도하며 가슴을 쓸어 내렸다.

현실처럼 선명한 악몽은 거의 매일 계속됐다. 누군가의 모략으로 물인 줄 알고 잔에 담긴 술을 들이키게 된다거나. 어딘가에 잡혀가서 손발이 묶인 채 강제로 술을 마시게 된다거나. 그런 '고문'은 대체로 가장 가까운 사람들에 의해 집행됐다. 친구, 친한 언니, 남자 친구, 아버지…… 그들은 나에게 억지로 술을 먹이고는 크게 비웃었다.

사실 악몽은 내게 상당히 익숙한 것이었다. 술을 마시던 시절 나는 하루에도 몇 번씩 악몽을 꿨고, 그 내용 역시 잔인하고 괴이했기에 악몽 자체를 무서워한 것은 아니었다. 나를 정말로 괴롭게 만든 부분은 깨고 난 후 생생한 두려움과 마주해야 한다는 사실이었다. 꿈은 내가 술을 두려움의 대상으로 인식하고, 다시 술에 손을 댈까 봐 걱정한다는 사실을 여실히 보여 줬다. 누군가 이런 말을 했다. '냉장고에 있는 술을 보고도 아무렇지 않아야 단주에 성공한 것이다'라고. 나는 그러지 못했다. 일을 마치고 길을 걷다가 가게 안의 사람들이 기분 좋게 술을 마시는 모습을 보면 급속도로 갈망이 차올라 두통이 생겼고, 장을 볼 때면 이 음식엔 어떤 술이 어울리겠다는 생각이 자동으로 떠올랐다. 두려움에 떠는 나 자신이 두려웠다. 잘 이겨 내지 못할까 봐, 결국엔 지는 싸움이 될까 봐.

그러나 나는 경험으로 알고 있었다. 이런 생각이 떠오르는 것 자체가 '중독 뇌'의 속성이었다. 감정을 이용하고, 내가 가장 두려워하는 부분을 건드려 결국 '중독 뇌'가 원하는 바를 수행하게 만든다. 음주 말이다.

나는 이 고통스러운 과정을 그냥 받아들이기로 했다. 두려움도 감정이고, 두려움을 두려워하는 것도 자연스러운 감정이다. 그러나 감정과 나는 결코 하나가 아니었다. 15년간 나는 감정과 나 자신을 동일시한 나머지 자신(-self)이 아닌 감정으로 살아왔다. 그 결과 매번 무너졌고, 알코올에 의존하게 됐다. 나는 다시 돌아가지 않는 방법을 잘 알고 있었다. '중독 뇌'가 자아내는 감정에 나를 휘말리게 방치하지 않고, 뒤로 한 발 물러서서 바라보는 것이었다. 그리고 두려움이 존재하도록 그냥 내버려 두면 됐다.

시간이 흘러 피부는 탈각을 멈추었고 팔에 징그럽게 올라왔던 두드러기도 서서히 잦아들었다. '바라봄'의 시간이 흐르며 악몽의 빈도도 점점 줄어들었다. 편두통도, 갈망도, 술 마시는 사람들을 부러운 시선으로 바라보는 것도……

그렇게 '중독 뇌'가 서서히 잠잠해지고 있었다.

처음인 것 같아!

술을 끊고 남자 친구와 첫 여행길에 올랐다. 거창한 여행은 아니었지만, 금단 현상으로 꽤나 고통스러운 시간을 보내던 나에게 잠깐의 환기나 새로운 시도는 중요한 의미였다. 우리는 서울 근교로 나가 그동안 먹고 싶었던 음식을 먹고, 새로운 곳도 가 보기로 했다.

알코올 중독자였던 나에게 여행은 평소보다 술을 훨씬 더 많이 마실 기회 외에 다른 의미가 없었다. 여행처럼 '특별한 이벤트'는 죄책감을 덜어 줬기 때문에 나는 신이 나서 고삐를 느슨하게 풀고는 낮부터 새벽까지 내리 술을 마실 수 있었다. 물론 다음 날 더 심한 숙취가 기다린다는 사실을 알고 있었지만, 그런 건 다 괜찮았다. 죄책감과 수치심 없이 술을 마실 수 있다는 것 자체가 중요했을 뿐이다.

그런 내가 처음으로 술 없는 여행을 하고 있었다. 점심 식사를 하러 가서 밥만 주문하는 게 몹시 낯설게 느껴졌다. "이거랑 이거 주시고요, 소주 한 병 주세요"에서 소주를 쏙 빼고 "이거랑 이거 주세요"에서 문장을 멈추는 경험은 정말로 생경했다.

"있잖아, 나 여행 와서 낮술 안 마시는 거 처음 같아."

"정말? 그럴 수도 있겠네, 여행에선 일찍부터 술을 마셨으니까."

"신기해. 내가 이제 식당에서 술을 안 시키는 게 말이야."

"그러게. 나도 정말 신기하다."

건너편에 앉아 나와 내 앞의 술병을 보는 것이 익숙해진 남자 친구에게도, 술병이 사라진 식탁이 낯설게 느껴지는 것은 마찬가지였던 모양이다.

그 무렵의 나는 식욕이 엄청나게 왕성해졌다. 알코올의 영향으로 위장 기능이 심각히 저하돼 뭐든 세 숟가락 이상을 먹지 못했던 내가 1인분 정도는 거뜬하게 삼킬 수 있는 사람이 됐다. 몸은 이제서야 제 기능을 하게 된 것이 신난다는 듯 더 많은 양의, 더 다양한 음식을 졸랐다. 종일 알코올을 해독하는 것 외에는 신경 쓸 수 없었던 몸이 얼른 신체를 수리할 영양분을 모으기 시작한 것이다. 나는 몸에게 미안하고 고마운 마음으로, 당분간 살이 찌는 건 신경 쓰지 않고 잘 먹기로 했다. 거식증을 앓았던 내게는 술을 끊은 것만큼이나 기적적인 일이었다. 나는 확실히 점점 다른 사람이 되고 있었다.

과거의 나에겐 숙소 역시 쉬면서 여독을 푸는 곳이 아니었다. 늘어져서 술을 마시는 장소라는 의미가 더욱 컸다. 내가 숙소에서 술 없이, 안주가 아닌 음식을 먹다니. 새삼스럽게 내가 술을 끊었다는 사실이 와닿으며 더없이 놀라웠다.

여행이 끝난 이후로도 나는 한동안 많은 일을 최초로 경험했다. 어떤 행동이든 '술이 없는'이라는 수식어를 붙이면 사실상 거의 다 처음 하는 일이었다. 술이 없는 워크숍, 술이 없는 회식, 술이 없는 뒤풀이, 술이 없는 생일 파티 등. 새로운 경험을 할 때마다 나는 어린아이가 된 듯한 기분이 들었다. 호기심이 동하고, 신기하고, 놀랍고, 기쁘고, 즐겁고……. 제3자의 시각으로 나 자신을 관찰하는 경험도 반짝이는 설렘을 선사했다. 변화는 단 한 가지, 내 인생에서 술이 빠졌다는 것. 그 한 가지뿐이었는데도 말이다.

　매일 새로운 경험을 마치고 잠자리에 누울 때마다, 나는 자신에게 속삭였다.

　"정말 잘했어. 술 끊기를 정말 잘했어!"

매일 앓는 사람

술을 끊고 제법 시간이 흐른 어느 날, 정말 오랜만에 아주 지독한 몸살감기에 걸렸다. 단주 초반 몇 개월간은 강한 금단 증상으로 매일 엄청난 통증에 시달려야만 했다. 그 이후 몸살감기는 오랜만에 느껴보는 통증이었다.

게다가 이번 병의 증상은 꼭 숙취처럼 느껴져서, 알코올에 의존했던 지난날의 기억을 떠올리게 만들었다. 마치 소주 다섯 병은 먹은 다음 날 아침처럼 머리는 깨질 듯 아프고, 속은 당장이라도 뒤집어질 듯 메스꺼웠다. 온몸이 아팠고, 근육은 긴장으로 경직됐다. 화장실에서 헛구역질을 몇 번 한 뒤 물도 제대로 마시지 못하고 다시 이불 속으로 기어들어 가야 했다. 식은 땀을 뻘뻘 흘리며 끙끙 앓았다. 마치 누가 내 머릿속에 손을 넣고 뇌를 주무르는 것 같았다. 코가 막혀 숨도 제대로 쉴 수 없었다.

하필이면 그날 정말 중요한 미팅이 있었기에 마냥 누워 있을 수도 없었다. 몸을 겨우겨우 다시 일으키고는 욕실에 서지도 못하고 주저앉아 샤워를 했다. 말이 좋아 샤워지, 그냥 뜨거운 물에 몸을 적시는 수준이었다. 외출 준비를 할수록 컨디션이 나빠져, 결국 가장 중요한 약속 하나를 빼고는 저녁 일정은 모두 취소하기로 했다. 금단 증상을 이겨 낸 이후로는 처음 있는 일이었다.

이후로 문자 그대로 지옥에 있는 듯한 하루를 보냈다. 운전하는 내내 다리 근육이 아파 몇 번이고 앓는 소리를 냈다. 약속 장소에 도착하고 나서도 바로 내리지 못하고 차 안에서 잠시 쉬어야 했다. 미팅에서는 반쯤 정신이 나간 상태로, 상대방이 하는 말을 알아듣기 위해 최선을 다했다. 안개가 잔뜩 낀 밤, 도로에서 고장 난 상향등에 의지해 시속 10킬로미터로 겨우 달리는 고물차가 된 기분이었다. 성치 않은 상태에 대해 상대방에게 여러 번 양해를 구했다. 미팅이 끝나고도 집으로 곧장 출발하지 못하고 차에서 잠시 눈을 붙였다. 이대로 출발했다가는 사고를 낼 것 같았다. 집으로 돌아와 씻지도 못하고 다시 이불에 몸을 묻었을 때, 나는 혀를 내두르며 생각했다.

'술 마실 때는 내가 거의 매일 이런 상태로 살았다는 말이잖아. 이 지경으로 일도 하고 사람도 만났단 말이지? 그 후에 또 술을 마시고……'

'알코올 중독증'을 '몸살'로 바꿔 생각해 봤다. 몸살에 걸려 그렇게 아프면서도 '난 몸살에 걸린 게 아니야, 난 아픈 게 아니야'라며 끊임없이 자신을 설득하고, 주변에서 걱정해 줘도 '지금 날 아픈 사람 취급하는 거야?'라며 화를 내고, 명백한 증거 앞에서도 내 증상이 왜 몸살이 아닌지 장황한 설명을 늘어 놓고, 마침내 아프다는 사실을 인정하고 나서도 '그래서 어쩔 건데?'라며 몸살이 심해질 만한 행동을 끊임없이 계속하고……. 이런 사람이 있으면 나는 그를 얼마나 한심하게 생각할까? 거기까지 생각이 미치자, 기가 막히고 헛웃음이 났다.

중독은 분명 질병이다. 뭔가에 의존한다는 것은 그 증상을 극복하기까지 매일 아픈 상태로 살아야 한다는 뜻이다. 매일 시름시름 앓으며 15년을 보내면서도 내가 아프다는 것을 믿으려 하지 않았다. 건강해지고 나서야 지난 시간 동안 얼마나 아픈 사람이었는지 절절히 느끼게 됐다. 얼마나 고생스러웠을까 싶어 몸과 마음에 다시 한번 미안했다. 정말이지 다시는 이렇게 앓는 삶을 살고 싶지 않았다. 그러자 술을 끊었다는 단순한 사실이 거대한 행복으로 변해 돌아왔다. 나는 고통마저 기분 좋게 받아들이며, 어느덧 잠에 빠졌다.

중독은 그저 증상일 뿐이야

술을 끊는 것은 왜 그토록 어려운 걸까. 사람들의 대답은 다양하다. 알코올의 약리적 효과, 알코올로 인한 뇌의 손상, 알코올에 대한 사회적 관용, 유전 등.

물론 약물 자체에 끊기 어려운 성질이 있지만 의학적인 측면 이외의 이유도 있다. 중독된 사람의 '마음'이다. 이 측면에 대해서는 언제나 설명이 부족하다.

술은 여러 가지 중독 물질 중 하나일 뿐이다. 실제로 술을 끊은 사람 중 상당수가 다른 무언가에 새롭게 의존하는 경우가 많다. 니코틴에 의존하거나 단것을 중독 수준으로 찾거나 일에 지나치게 몰입하기도 한다. 술을 마시지 않더라도 여전히 '중독 환자'인 것은 동일하다. 술을 끊은 사람들은 종종 "이런 식이라면 술을 끊은 게 대체 무슨 의미가 있는 건지 모르겠다"라는 말을 하기도 한다. 매개만 달라졌을 뿐 여전히 중독에 시달린다는 것이다.

이는 결국 중독이 '증상'이기 때문에 벌어진다. 중독이 그 자체로 원인이 아니라는 것이다. 중독을 이겨 보겠다며 음주를 참는 것은 원인이 아닌 증상만 없애겠다는 말이나 다름없다. 마치 몸 어딘가에 통증을 느꼈을 때, 진짜 원인을 찾지 않고 진

통제만 먹는 것처럼 말이다. 진통제는 통증을 잠시 완화해 줄 뿐 몸을 낫게 하지는 않는다. 알코올 중독 역시 원인을 찾지 않는 한 잠시 호전되는 양상을 보이다가 다시 예전처럼 돌아가거나 오히려 훨씬 더 심각해질 수 있다. 이것이 술을 끊으려고 시도하는 사람들이 계속 실패하는 결정적인 이유이다. 그렇다면 알코올 중독의 진짜 원인은 대체 어디에 있는 걸까?

이 질문에 답을 내리기는 쉽지 않다. 사람마다 경험이 다르고, 잠재의식 속 기록된 기억도 다르기 때문이다. 한번 관점이 형성되면 그 관점을 뒤집어엎는 것은 쉽지 않다.

중독자들이 술 마시는 이유는 각기 다르지만 분명한 공통점은 있다. 세상을 바라보는 의식적 차원, 그리고 인지적 해석 방식에 심각한 문제가 있다는 것이다. 세상을 '술을 마셔야만 버틸 수 있는 곳'으로 바라보고, 내 의식을 자꾸 과거에만 머물게 한다. 그리고 자기 자신을 피해자나 비련의 주인공, 패배자로 자처한다. 그 모든 인식은 현실 속에 끊임없이 결핍의 그림자를 드리운다.

아무것도 가지지 못한 나, 누구에게도 이해받을 수 없는 나, 원하는 삶을 살지 못하고 겨우겨우 목숨만 부지 중인 나. 이런 결핍감을 채우기 위해 누군가는 술을 마시고, 담배를 피우고, 쇼핑을 하고, 음식을 마구 먹는다. 즉, 뭔가에 의존하는 이유는 결핍이라는 진짜 원인에서 비롯된 '증상'인 것이다.

내 의식 문제는 아주 심각한 수준이었다. 나는 이 세상을 끊임없이 비틀어진 시각으로 바라봤다. 나에게 세상이란 좋은 것은 아무것도 없고, 오로지 나쁜 것만 존재하는 부조리한 곳이었다. 내가 똥밭을 굴러다니는 삶을 사는 원인은 그런 현실 때문이라고 생각했다. 나는 계속해서 세상을 욕했지만 세상은 내가 욕한, 딱 그만큼씩 나빠졌다. 내가 생각하는 그대로 나는 더 망가져 갔다.

돈이 없다고 화를 낼수록 재정 상태는 나빠졌고, 우울하다고 생각할수록 우울증은 깊어져 갔다. 믿을 사람이 하나 없다고 말하다 보면 사람들과의 관계는 더없이 악화됐다. 말하자면 현실은 내가 생각하는 것과 말하는 것을 거울처럼 그대로 반영했다. 관점과 사고방식을 입력하면 현실은 프린터처럼 내 생각을 고스란히 출력해 보여 줬다. 즉, 현실은 고통의 원인이 아니라 생각의 결과였던 것이다.

프린터가 뽑아내는 결과물이 엉망이라면, 컴퓨터에서 원인을 제거해야 증상이 사라진다.

결핍이 다름 아닌 나 자신의 인식 문제라는 사실을 알게 된 후, 세상의 해로운 면은 일부에 불과함을 끊임없이 기억하며 내 인식 문제를 하나씩 바로잡기 시작했다. 결과는 놀라웠다. 인생 속에 포진해 있던 '똥 덩어리'도 하나씩 사라지기 시작했다. 왜곡된 생각을 제거해 나가자 삶에서 술을 마실 이유도 하나씩 사라졌다. 이것이 바로 알코올 중독을 근본부터 없앨 수 있는 유일한 '기술'이다.

뭔가에 의존하는 증상은 단순히 의지로 이겨 낼 수 있는 게 아니다. 그 의지의 발현지, 즉 지금 이 순간의 '인식의 샘'이 맑은지 탁한지 돌아보고, 그 샘을 청소해 나가는 정교한 작업으로 극복해 가야만 한다.

집착일까, 관성일까

"슬기 씨는 이제 술 생각 안 나요?"

"그럴 리가요. 어제도 술 생각을 한 걸요."

술을 끊었다고 술 생각이 전혀 나지 않는 건 당연히 아니었다. 평온하게 하루를 시작했다가도 내가 술을 끊었다는 사실을 떠올리면 필연적으로 알코올의 이미지도 선명해졌다. 특히 식사 시간에는 더더욱 술 생각이 났다. 장을 볼 때는 엄청난 스트레스가 밀려왔다. 지금 고르는 식재료가 어떤 술과 잘 어울릴지, 0.001초의 속도로 떠올릴 수 있었다. 내 뇌는 술을 위해 만들어진 슈퍼컴퓨터와 다름없었다. 술 생각은 여기저기서 '서프라이즈!' 하며 놀래키듯 터져 나왔다.

'집착인가?'

어느 날 샤워를 하다 문득, 흡사 헤어진 연인에게 미련을 느끼듯 술에 집착하고 있는 건 아닐지 걱정됐다. 예전으로 돌아가고 싶은 위태로운 순간이 언제 찾아올지 모르는 상태라는 뜻이니까.

물줄기 속에서 눈을 감고 호흡을 가다듬었다. 요동치는 감정에서 한 발짝 떨어져 이 감정의 정체가 무엇인지 찾을 필요가 있었다.

나는 지난 15년의 세월을 떠올렸다. 인생이라는 차를 타고 달리다가 어떤 분기점에서 알코올이라는 고속도로를 타기 시작했다. 처음 가 보는 길 위에서 나는 조심스러워하며 속도를 조절했다. 하지만 여느 길과 달리 이 길은 포장이 잘 돼 있고 아늑해서 달리기가 아주 수월했다. 운전이 편안해지자 나는 서서히 속도를 높였다. 점점 가속도가 붙었다. 액셀을 더 밟았다. 이제 나는 속도를 조절하지 않았고, 가속도는 수직상승했다. 차창 밖의 풍경이 달라졌다. 아니, 아무것도 보이지 않을 정도로 빨라졌다. 고속도로의 이름은 '중독'으로 바뀌어 있었다. 나는 직감적으로 느꼈다.

'이대로 달리면 죽을지도 몰라.'

위협을 느낄 때마다 여러 번 브레이크를 밟아 보려 했지만 잘 되지 않았다. 이유를 알 수가 없었다. 한참을 사방을 두리번거리다가 문득 아래를 내려다봤고, 그제서야 이유를 찾을 수 있었다. 원인은 내 시선이 꽂힌 곳, 그러니까 내 발에 있었다. 브레이크를 밟았다고 생각했는데, 여전히 발이 액셀 위에 올라가 있었던 것이다.

브레이크를 밟으려면 액셀에서 발을 떼는 것이 먼저다. 마찬가지로 술을 끊으려면, 술잔에서 손을 떼야 했다.

액셀에서 발을 떼자 정신적 폭주가 멈추었다. 여전히 빠르게 달리는 중이었지만 속도가 더 높아지지는 않았다. 이 길에서 완전히 빠져나가려면 우선 속도를 줄이고 이정표와 분기점을 확인해야 했다. 드디어, 브레이크를 밟을 용기가 생겼다. 내 발은 액셀을 벗어나 브레이크 위에 올라갔다.

'그래, 이건 관성이구나.'

브레이크를 밟아도 차가 바로 멈추지는 않는다. 오히려 속도를 천천히 줄여야만 사고가 나지 않는다. 나는 여전히 중독이라는 길 위에 있지만 속도를 줄여가는 중이다. 그러니 내가 자꾸 술 생각을 하는 건 집착이 아니라, 이 위험을 안전하게 빠져나가기 위한 관성이 작용한 것이다. 그 사실을 상기하고 나니 술 생각이 미련이나 집착이 아니라는 사실이 자명해지며 안도하게 됐다.

많은 이로부터 도저히 술 생각을 멈출 수가 없어서 힘들다는 이야기를 듣는다. 언제 다시 술잔을 집어 들지 스스로를 믿을 수가 없어 불안하다고도 말한다. 하지만 이런 일들을 술을 끊는 과정에서의 당연한 현상으로 받아들이면 된다. 괴로움과 불안을 해결하려고 할수록 오히려 술에 대한 갈망은 증폭된다. 마시든 마시지 않든 어차피 불안하니 그냥 마시는 게 낫지 않을까 하는 비이성적인 판단까지 끼어들게 된다.

지금도 불안해질 때면 나는 눈을 감고 아주 깊게 심호흡을 한다. 온몸에서 힘을 빼면서, 아직도 나는 완전히 술과 헤어지지 못했다는 사실을 인정하고 받아들인다. 그리고 이것이 집착이 아니라 관성이라는 사실에 안도하며, 조용히 눈을 뜬다.

특별함을 좇지 않고 살면

1월 1일. 술을 끊고 맞이하는 두 번째 새해는 특별한 일이 없어서 유독 특별했다.

우리는 모두 '특별함'을 좇아 살아간다. 어떻게 하면 매일의 삶을 좀 더 특별하게 만들 수 있을지 고민하며 색다른 일을 찾아 두리번거린다. 그렇기에 이미 사회적으로 합의된 기념일 이외의 날에도 여러 가지 의미를 부여하곤 한다.

나의 연말연시는 그 어느 때보다도 술을 많이 찾는 기간이었다. 왜? 연말연시는 1년에 한 번밖에 오지 않는 특별한 때고, 평소와는 다르게 지내야 하는 법이니까! 나는 이미 술을 많이 마시고 있었음에도 불구하고 연말연시에는 더 많은 약속, 더 많은 만남, 더 많은 술을 찾았다. 그러지 않으면 큰일이라도 나는 것처럼 지독한 숙취를 끌어안고 다음 술자리, 그다음 술자리로 좀비처럼 옮겨 다녔다. 그렇게 모인 좀비 친구들은 한 해 동안 서로의 노고를 치하하고, 좀 더 나은 내년을 살자며 술잔을 부딪혔으며, 미래의 어두운 전망에 대해 이야기하며 사이좋게 불행을 나눠 먹었다.

'술 좀비'가 되어 미친 행보를 이어가던 나의 1월 1일은 당연히 지독한 숙취와 함께 막이 올랐다. 나를 자책하는 데 에너지를 쓰는 것마저 사치인 몸 상태로 맞이하는 새해였다. 술에 잔뜩 취한 내게 '평범함의 소중함'을 떠올릴 수 있는 여유는 전혀 없었다. 물론 새해의 첫날 밤에도 술잔을 들어 올리며, 새해엔 좀 다르게 살아 보겠다는 자신과의 약속을 폐기 처분했다.

'특별한 날'을 술 없이 보내면서, 내가 특별한 삶을 살지 못했던 이유는 나에게 주어진 평범함의 소중함을 보지 못했기 때문이라는 사실을 깨달았다. 이제 하루를 내가 의도한 대로 보내는 일이 얼마나 특별한 것인지 안다. 명절, 휴가, 기념일, 여행, 행사, 축하나 위로를 받는 온갖 날에서 내가 사랑해 마지않은 술이 빠지자 나는 그 어떤 날에도 맨 정신으로 모든 감정을 누리는 특별한 사람이 돼 있었다.

12월의 마지막 밤, 주변 지인들이 밤늦게까지 술자리에서 놀고 있다는 소식을 들으며 나는 사랑하는 사람들과 함께 집에 머물렀다. 대체 무엇을 위하는 줄도 모르면서 건배하며 '위하여'라는 말을 내뱉는 대신, 나와 주변 사람들을 '위하여' 새해에 내가 할 일을 적어 내려갔다. 진정으로 나와 내 사람을 위하는 삶. 중독 물질이나 행위에 의존하지 않는 진짜 독립적인 인생. 무언가에 취해 정신을 잃지 않는 삶. 나는 그것을 위하여 살아가리라 다짐하며 여느 날과 다름없는 시간에 평화롭게 잠자리에 들었다. 지극히 평범해서 몹시도 특별한 나의 새해는 이렇게 시작됐다.

임
계
점

유튜브 채널에서 영상 주제로 다루었던 내용 중 특히 '임계점'에 대한 피드백을 많이 받는다.

"저도 노력하다 보면 임계점을 넘길 수 있겠죠?"

"그렇게 노력해도 끊을 수 없던 술을 한 번에 끊었다니 신기했는데. 그게 임계점 때문이었군요."

임계점은 본래 물리학 용어이다. 열역학에서 '상평형이 정의될 수 있는 한계점'을 나타내는데, 액체와 기체가 서로의 상태로 전환되는 온도-압력의 한계점을 떠올리면 쉽게 이해할 수 있다.

"어떻게 그렇게 한번에 술을 끊을 수 있었냐"라는 지인의 질문에 대답하며 나는 스스로도 미처 정리하지 못했던 결론을 내렸다.

"다른 사람에게는 정말 갑자기 일어난 일처럼 보일 거예요. 눈에 보이는 '결과적인' 상태는 중독자냐 아니냐, 두 가지뿐이니까요. 액체가 기체로 변하는 지점까지 영향을 미치는 압력과 온도는 우리 눈에 보이지 않는 것처럼. 중독을 벗어나는 데 드는 노력과 변화는 눈에 보이지 않아요. 그러다 보니 남들에게는 갑작스러운 변화로 느껴지죠. 하지만 눈에 보이는 변화의

지점에 도달하기 위해서는 지속적인 노력과 인식 수정 등 작은 변화가 필요해요."

즉, 중독자에서 중독자가 아닌 상태로 변화하려면 눈에 보이지 않는 변화의 지점, 즉 임계점을 넘어야 한다.

실제로 내가 중독을 이겨 내는 데 주효하게 작용했던 결정적 '요소'는 무엇이었을까? 무엇이 좀 더 빨리 임계점에 도달할 수 있도록 내 등을 밀어줬을까?

나는 술을 끊기 위해 그간 기울여왔던 여러 노력을 떠올렸다. 피상적인 것부터 내면 깊은 곳을 들여다보려는 정신적인 시도까지 정말 많은 요인이 있었다. 다이어리에 적었던 술과 관련된 수많은 제약, 어떻게든 술을 사지 않으려는 의식적인 노력, 숱하게 받은 상담, 시간적 제약이라도 만들고자 투잡, 스리잡으로 일을 늘렸던 일, 현실 세계에는 방법이 없다는 생각으로 파고들었던 많은 의식 세계와 관련 도서들, 술을 끊었다는 가정하에 아직 중독을 이겨 내지 못한 사람들에게 해 주고 싶은 말을 정리한 글과 노랫말, 마음 깊은 곳이 알고 싶어 시작했던 명상과 심상화, 요가 매트 위에서 이루어지던 많은 상상, 수없이 반복된 자학과 연민, 수없이 흘린 눈물 등.

일일이 열거하는 게 불가능할 정도로 많았던 시도 중에 나를 임계점에 도달하게 만들어 준 결정적인 요소가 무엇이었을지 생각하던 중 나는 한 가지 깨달음을 얻었다. 그 모든 것은 서로 연결돼 있으며 하찮아 보이는 행동일지라도 도화선이 돼 더 큰 행위를 이끌어 냈다는 것. 즉, 아주 작은 노력이 조금 더 큰 노력으로 변화할 때도 임계점을 넘었을 것이고, 그 노력이 조금 더 큰 노력으로 변화할 때도 다시 임계점을 넘었으리라는 것이다. 결국 나라는 사람 하나를 변화시키는 데는 우리 눈에는 보이지 않는 작은 세계의 무수한 임계점이 있었고, 그것 하나하나를 넘어서는 과정이 존재했다.

피상적이거나 하찮다고 치부될 노력은 없다. 그 노력이 다른 상태를 불러일으키고, 조금 나은 상태는 그다음의 상태로의 변화를 불러일으킨다. 그러나 분명한 사실 하나를 기억해야 한다. 그 속도가 느리든 빠르든, 스스로 언젠가는 임계점을 넘어서게 되리라는 것을 '믿어야' 한다는 것이다. 믿음은 '그렇게 되리라'고 '아는' 것이다.

눈에 보이지 않는 많은 요소가 지금도 우리를 '내가 원하는 상태'로 데려가고 있다. 그렇기에 나는 임계점을 넘기도록 자기 자신을 허락하고, 알고, 믿으라고 말한다. 그러면 반드시 그렇게 되는 날이 온다.

내가 가능했으면, 당신도 가능하다.

나는 당신이 행복해질 것을 알고, 믿는다.

끝나지 않는 중독

'술은 끊는 게 아니라 참는 것이다.'

'누군가 술 마시는 걸 보고도 아무 감정이 들지 않아야 정말로 중독을 벗어난 것이다.'

알코올에 중독돼 치열하게 싸워 본 사람들의 입에서 나오는 경험담이다. 여기에 덧붙여, 술을 끊고 살아가는 회복자들이 쉽게 착각하는 것이 있다.

'이제 술을 조금은 마셔도 되지 않을까?'

내가 알코올 중독을 끝장내기 위해 꽤 오랜 시간 단주를 이어간 것이 처음은 아니었다. 그러나 단주를 이어가다가도 나를 다시 중독의 늪으로 끌고 내려간 것은 바로 '나는 이제 중독과 상관없는 사람'이라는 '자기설득'이었다.

일이 너무 바빠 도저히 술을 마실 수 없었던 며칠을 시작으로 연속 30일 정도 술을 끊는 데 성공한 적이 있다. 술을 마시고 싶어도 도저히 그럴 수 없는 며칠을 보내고 나니, 일주일 정도는 그런대로 견딜 만했다. 일주일이 지나니 2주도 버틸 수 있었다. 별다른 문제없이 한 달을 채우자 머릿속 악마가 작게 속삭였다.

'에이, 상황만 허락하면 참을 수도 있잖아? 거 봐. 내가 뭐랬

어? 난 알코올 중독자가 아니라니까. 한 달이나 술을 안 마실 수 있는 사람이 어떻게 중독자겠어?'

중독이라는 사실을 끊임없이 부정해 온 나에게 30일의 단주 성공은 자만의 불씨에 기름을 콸콸 붓는 꼴이었다. 나는 여느 중독자들이 그러하듯 조절해서 마실 수 있다는 엄청난 착각을 안고 술자리에 나섰다. 차디찬 술병에 송골송골 맺힌 물방울, 기분 좋은 분위기, 술잔에 담긴 맑고 투명한 술. 도파민은 기대 감을 최대치로 끌어 올렸고, 드디어 한 모금을 입에 대는 순간, 기다렸다는 듯이 뇌 속에서 불꽃축제를 열었다. 한 달 만에 느 낀 극도로 하이(high)한 기분은 이제 내 통제하에 있지 않았다. 나는 그대로 폭주했고, 그것을 시작으로 30일 전과는 비교도 할 수 없는 엄청난 중독의 소용돌이 속에 휘말려 들어갔다.

그 이후에도 '중독 뇌'는 단 하루만 금주에 성공해도 자만의 칼자루를 마구 휘둘렀다.

'중독자는 하루도 참을 수 없어야 되는 거라고! 난 각오하기 만 하면 며칠이고 몇 달이고 끊을 수 있다니까? 지금 술을 마시 는 건 단지 내가 끊을 마음이 없어서일 뿐이야!'

나는 망나니 같은 그의 말에 너무나 쉽게 속아 넘어갔다.

몇 번의 경험을 통해, 술을 마시든 마시지 않든 정말로 무언가에 의존하지 않는 사람은 자신이 중독인지 아닌지에 대해 생각조차 하지 않는다는 것을 알게 됐다. 스스로 중독자라는 진단명을 붙일지 말지도 고민할 필요가 없다. 이 부분에 대해 고민하고 있다면 아직은 중독의 영향 아래에 있다는 방증이며, 회복을 확신하지 못하고 있다는 뜻이기도 하다.

알코올 중독에서 언제 완전히 벗어날지 알 수는 없다. 여전히 날씨나 기분에 따라 마시고 싶은 술의 맛과 향이 떠올라 입맛을 다신다. 심지어 임신한 동안에도 가족이 마시는 술을 보면 갈망이 올라와 힘들었고, 모유 수유를 하면서도 맥주 한잔이 간절하곤 했다. 힘들지 않다면 거짓말이다. 그러나 나는 그런 기분이나 생각을 부러 억누르지 않는다. 감정을 억누른다는 것은 곧 내 마음 상자 안에 부정적인 생각과 기분을 꾹꾹 눌러 담는다는 뜻이고, 그 모든 감정은 영원히 내 것이 된다. 오히려 떠오른 생각에서 한두 발짝 떨어진 뒤 가만히 바라보며 아무런 반응도 하지 않고, 삶으로 다시 들어가는 편이 낫다. 그러면 여러 기분과 생각은 먼지처럼 둥실 떠오르다 조용히 사라진다. 나 자신은 내가 하는 생각이나 감정과 동일하지 않다는 것만 기억하면 된다. 그리고 그냥 삶을 산다.

앞으로 얼마나 긴 시간 동안 갈망이 내 뒤를 따를지 알 수 없다. 이 책을 쓰는 동안에도 나는 지나간 기억을 더듬으며 여러 번 갈망에 시달려야 했다. 하지만 나는 더 이상 겁내거나 무서워하지 않는다. 나는 술이 없는 인생을 스스로 '선택'했고, 나의 선택을 신뢰한다. 무엇보다도 중독이 지속되는 중에도 소중하고 감사한 하루를 살아내는 건 충분히 가능하다는 걸 잘 안다.

미안하다는 말의 기적

강한 에고의 지배하에 살았던 과거의 내 인생에는 사랑, 기쁨, 감사, 연민 등 누군가에게 공감하거나 타인을 배려하는 감정이 거의 존재하지 않았다. 오만한 나는 감사할 줄도, 미안해할 줄도 몰랐다.

공감 능력을 타인은 물론 나 자신에게도 발휘하지 못했다는 것이 가장 큰 문제였다. 나는 거식과 폭토, 알코올을 몸에 때려 붓는 생활을 하면서도 내 몸과 마음에 미안하지 않았다. 아니, 오히려 정반대였다. 내 마음대로 따라 주지 않는 몸과 마음을 몰아세우고 화를 냈다. 스스로 가스라이팅 하며 마음에 그을음을 냈다. 그리고는 술을 마시는 것으로 보상받으려 했다.

술을 끊기 위해 여러 공부하는 동안 '공감과 사랑이 절대적으로 부족한 뇌의 상태'가 나를 지배하는 온갖 병증, 즉 중독과 식이 장애, 각종 정서적인 문제의 강력한 원인이라는 사실을 알게 됐다. 그리고 '중독 뇌'는 더 많은 술을 찾게 만들기 위해, 내가 스스로를 사랑하지 못하도록 나의 에고를 지속해서 키워 왔다는 사실도 깨달았다. 높고 두꺼워진 에고의 벽은 나를 공감의 세계에서 동떨어진, 나만의 성안에 갇힌 괴물로 만들었다.

이 사실을 배우고 깨닫는 과정에서 마치 나 자신이 조각조각 해체되는 듯한 고통을 느껴야 했다. 어린 시절부터 열심히 빚어 온 페르소나가 무너지는 과정을 지켜보며 나는 스스로 원했던 모습의 존재가 아니라는 사실도 알게 됐다. 나는 똑똑하지도, 지혜롭지도, 겸손하지도, 자상하지도, 유능하지도, 아름답지도 않았다. 내 마음속에는 시기, 질투, 쪼잔함, 어리석음, 자만, 권위적인 태도, 굴욕감, 패배감 등이 켜켜이 쌓여 있었다. 나는 본모습을 증오했고, 어떻게든 보지 않으려고 열심히 눈을 가렸다. 그 모든 단점을 사랑으로 끌어안지 못했기에 겉으로 드러나는 모습만 열심히 꾸며 내고 있었다. 내가 나 자신을 버리고, 오래도록 방치했다는 걸 알게 됐다. 무너진 에고의 벽 아래 드러난 나의 초라한 모습을 보며 들끓는 울음을 쏟았다.

놀랍게도 해체 과정을 거쳐 나의 본질을 알게 되자 엄청난 자유를 느꼈다. 나는 더 이상 누군가에게 잘 보이기 위해 존재할 필요가 없다는 사실을 알게 됐다. 그냥 그게 나 자신이었다. 누군가가 나보다 잘되는 걸 보며 부러워하거나 불안해하고, 나보다 못한 사람을 보면서 자만심을 느끼고, 내면보다는 외면을 가꾸는 데 치중하는 좁은 식견을 가진 자. 그게 지금의 나라는 진실을 받아들이자 더는 자신을 꾸미며 살 필요가 사라졌다. 받아들임. 그것은 사랑이 없으면 할 수 없는 일이었다. 나는 사랑으로 나의 단점을 끌어안기로 했다.

나의 목표는 '대단한 사람이 되는 것'에서 '어제보다 조금 더 나은 사람이 되는 것'으로 바뀌었다. 그리고 내 몸, 마음과 끊임없는 자기대화를 이어갔다. 침대에 누워서 이렇게 엉망으로 살아있는데도 내 목숨을 지켜 준 몸에게 사과하는 시간을 가졌다. 그동안 몰아세우기만 했던 마음에도 진심 어린 사과를 건넸다.

'정말 미안해.'

미안하다는 짧은 말에 반응해 누그러지는 몸과 마음을 느끼며 나는 여러 번 눈물을 쏟아야 했다. 내 몸과 마음은 관용과 사랑이 넘쳐나는 존재였다. 사과 한마디만으로도, 나의 지나간 모든 과오를 용서한 것이다.

지금도 나는 때때로 몸과 마음에 사과하는 시간을 갖는다. 긴 세월을 나를 지탱해 준 고마운 존재, 그리고 얄팍하기 그지없던 나 자신이 조금은 두터운 사람이 되기까지 기다려 준 끈기와

사랑의 결정체. 미안하다는 짧은 한마디로 세상의 온갖 기적을
다 체험할 수 있다는 놀라운 사실을 알려 준 나의 스승.

　이제는 미안하다는 말보다 더 자주 건네는 말도 있다. 바로
사랑한다는 말이다.

그럼에도 불구하고

가끔 기억중추를 슬쩍슬쩍 건드리는 댓글이나 질문을 받는다. "술로 인해 좋았던 것은 정말 없었느냐", "알코올로 인해 행복한 일도 분명히 있다는 점을 부정하지 말라" 같은 말이다.

맞다. 나에게도 술로 인해 행복했던 기억이 많다. 소심하고 눈치를 많이 보던 어린 나에게 술은 세상 밖으로 나갈 수 있도록 등을 떠밀어 준 고마운 친구였다. 소주 두세 잔으로 열다섯 살 아이처럼 친구들과 숨이 막히도록 웃었던 첫 음주 경험, 술에 취해 팔랑팔랑 뛰어다니는 나를 귀엽다는 듯 바라봐 주던 대학 선배. 친구들과 동네 병맥줏집에서 나눈 이야기들, 좋아하는 사람과 홍대의 분위기 좋은 바에서 칵테일을 마시며 설레던 일, 나의 독특한 성 정체성을 깨닫게 해 준 그 아이의 취기 어린 얼굴, 술 한 잔에 흥이 올라 친구들과 클럽에 들러 춘 촌스러운 춤, 안주 삼아 마시던 한강의 바람, 축배를 나누며 함께 받은 격려의 말들, 없는 돈을 털어 편의점에서 산 술을 들고 친구 자취방에 기어들어 가 함께 웃고 떠들던 기억, 아끼는 사람들과 진지한 대화로 꼬박 지새운 수많은 밤.

기타와 노래와 소주, 놀이터와 맥주 캔, 여름날 교정에서 마신 막걸리, 다트 판과 데킬라, 칵테일 쇼와 보드카, 좋은 사람과 사케, 근사한 분위기와 와인, 무거운 일을 끝내고 대로변에서 홀로 홀짝였던 팩 소주.

도심 한가운데 밤하늘의 별처럼 흐릿하게 반짝거리는 기억들이다. 술과 이별한 지금도 그 기억을 떠올릴 때면 옛사랑을 추억할 때처럼 묘한 향기가 온몸을 타고 흐른다. 친숙한 얼굴들이 기억의 파편에 조각조각 나누어져 스쳐 갈 때면 아프도록 아련해진다.

좋은 기억이 많음에도 그것이 내가 다시 알코올과 함께할 이유가 될 수는 없다. 나에게는 알코올이 적당한 행복을 제공할 때, 딱 거기까지만 알코올과 놀 수 있는 조절 능력이 없기 때문이다. 그 손을 잡는 순간 내 손아귀에는 필사적인 힘이 들어간다. 결국 나를 파멸로 이끌 것이라는 사실을 잘 알면서도, 손을 놓는 것은 나에게 너무 어려운 일이다. 그래서 나는 다시는 그 손을 잡지 않기로 했다. 파멸하는 것보다는 좋았던 시절을 아련하게 떠올리며 아쉬워하는 편이 훨씬 나으니까.

의지한다는 건 견디기 어려운 일들로부터 나를 지키는 방법의 하나일지 모른다. 현대인들은 자기 자신을 지키기 위해 저마다 의지처를 갖는다. 알코올, 니코틴, 섹스, 쇼핑, SNS를 통한 현대판 관음 등. 누군가는 끊임없는 험담 뒤에, 또 누군가는 멈추지 않는 분노 뒤에 숨는다. 어떤 사람은 자기 몸에 칼자국을 내고, 어떤 사람은 남의 마음에 생채기를 낸다. 못마땅한 세상에서 상처받지 않기 위해 자기 자신을 숨긴다. 이런 것들에 정말 '적당히'만 의지할 수 있을까? 아마 사람마다 다를 테지만, 내 경우 자기파괴적 행위가 위해성을 압도할 만큼 달콤해서, 그 꿀단지를 도저히 내려놓을 수가 없다.

꿀단지에 빠져 현실에서 벗어나 있는 동안 술은 의기양양하게 내 자리를 차지하고 인생의 주인 행세를 시작했다. 언젠가 밤늦게 술을 마시고 있을 때 문득 이런 생각이 들었다.

'이렇게 매일 술독에 빠져 있을 때 혹여 멀리서 사는 내 가족에게 급한 일이라도 생긴다면, 나는 수습하러 가지도 못하고 전전긍긍하겠지. 결국 술 때문에 인간의 도리를 하지 못하는 날이 올 거야.'

술은 그런 방식으로 내 인생의 주인이 돼 있었다.

주인 자리를 돌려받은 지 몇 년이 훌쩍 넘었다. 나는 술과 함께했던 지난날의 아련하게 반짝이는 추억보다 술이 없는 삶을 만

끽하며, 일상 속에서 주인 자리를 지키는 일이 훨씬 가치 있고 빛난다는 사실을 매일 경험하고 있다. 분명 술은 앞으로도 기회가 생길 때마다 고개를 쳐들고 함께 아름다운 시절로 돌아가자고 손짓하리란 걸 안다.

그럼에도 불구하고, 나는 더욱 분명히 안다. 술 없이도 충분히 아름답고 빛나는 세상이 내 앞에 활짝 펼쳐져 있음을.

Q & A

멘탈 코치 키슬의 고민 상담

··· Answer

가장 많이 받는 질문입니다. 유튜브나 강연을 통해 술을 끊는 데 도움이 되는 방법을 계속 말하고 있지만, 매번 이 질문을 듣는 것 같아요. 아마도 술 때문에 너무 힘들다 보니, 한 방에 중독 현상을 해결할 '묘약'을 바라는 게 아닌가 합니다.

그 마음은 누구보다 제가 제일 잘 이해합니다. 매일 낮이고 밤이고 검색창에 '술 끊는 법'을 검색하며 효과적인 방법을 찾아 헤맸던 저이기 때문입니다. 물론 저도 속 시원한 답은 찾을 수 없었습니다. 어쩌면 그 이유는 술 끊는 법이 술을 마시지 않는 것 말고는 없기 때문인지도 모르겠습니다. 스쿼트 운동을 하고 싶다면, 결국 다리를 굽혔다 펴야 하는 것처럼 말이죠. 하지만 지금의 저에게 누군가 술 끊는 방법을 딱 하나만 알려 달라고 하면 다음과 같은 조언을 드릴 수 있습니다.

사람들의 오해와 달리 음주는 알코올 의존증의 궁극 원인(또는 근본적 원인)이 아닙니다. 사람의 음주 이면에는 그 행동을 이끌어 내는 '무의식적 신념'이 자리잡고 있습니다. 사람의 행동은 대부분 무의식에 새겨진 정보가 결정합니다. 나에게 이롭지 않고, 삶을 나락으로 빠뜨리는 믿음이라도 일단 무의식에 새겨지면 사람은 행동을 하게 됩니다. 예를 들어 '나는 사랑받을 가치가 없는 사람이야'라는 신념이 박힌 사람은 자기도 모르게 남들에게 사랑받지 못할 행동을 하거나 스스로를 파괴하는 행동을 함으로써 자신의 신념을 증명합니다. 또 '나는 흙수저에 능력도 없어서 큰돈을 벌 수가 없어'라고 생각하는 사람이라면 능력을 개발할 의지가 생기지 않고, 돈이 들어오더라도 쓸모없는 데 쉽게 지출하는 식으로 행동해 돈이 남아나지 않게 만듭니다. 이 신념들이 바로 궁극 원인입니다.

만약 술이 지긋지긋하고 술 때문에 인생이 망가져 가는 걸 뻔히 알면서도 술을 끊을 수 없다면, 그것은 단순히 술이 중독되기 쉬운 물질이어서가 아니라 스스로와 세상에 대한 무의식적 신념에 문제가 있기 때문입니다. 제 경우에도 중독자 시절에 갖고 있던 몇 가지 신념이 끊임없이 술에 손을 대도록 만들었습니다. 스스로에 대해서는 '나는 쓰레기야, 못생겼어, 뚱뚱해, 머리가 나빠, 열등해, 몸이라도 말라야 사랑받을 수 있을 거야'라고, 세상에 대해서는 '이 세상은 불공평하고 위험해, 여자가 설 곳이 없어, 부자나 정치인이 다 해 먹는 세상이야, 돈이 없으면 사람 취급도 못 받아, 타고나지 않으면 행복할 수 없어'라고 생각했습니다. 이런 신념들은 제가 알코올이나 폭토로 스스로를 파괴할 명분이 돼 줬고, 세상에 적대감을 품고 사람들과의 관계를 망가뜨릴 합리적인 이유가 됐습니다.

술을 끊고 싶다면, 여러분의 내면의 파괴적인 신념을 먼저 찾아내야 합니다. 그 신념이 사실인지 아닌지 여부는 중요하지 않습니다. 만약 어떤 신념 때문에 여러분이 삶을 포기하고 자신을 망가뜨리는 행동을 하고 있다면, 그 생각은 당장 폐기 처분할 대상입니다.

많은 분이 '술은 끊는 게 아니라 참는 것이다' 또는 '술은 죽어야 끝나는 것이다'라고 말합니다. 반만 맞는 말입니다. 무의식에 숨겨진 파괴적인 신념을 바꾸지 않는다면 술을 끊는 일은 정말로 어렵고 힘듭니다. 억지로 참고 참다가 펑 하고 터져서 재발이라도 하면 정말로 죽어야 끝나는 일이 될 수도 있지요. 하지만 무의식 차원에서 여러분의 의식 세계 전반을 변화시키면 술은 자연스럽게 끊을 수 있습니다(물론 목숨이 위태로운 정도의 상황이라면 반드시 전문적인 치료를 병행해야 합니다).

제가 '멘탈 코치'로서 유튜브를 운영하고, 강의와 코칭을 하는 것은 바로 이런 사실을 많은 분에게 알리고 싶은 마음 때문입니다. 대부분의 치료가 여전히 알코올 의존증 환자의 증상을 완화시키는 데만 급급한 것이 정말 안타깝습니다. 다시 한번 강조하지만, 무의식의 세계가 변하지 않으면 술을 끊는다고 해도 삶은 여전히 어렵고 버거울 것입니다. 그러니 전문 치료와 함께 무의식의 영역에도 관심을 두고 공부하거나 코칭을 받아보기를 권합니다.

Q 술 때문에 재정 상태가 엉망이고, 커리어도 완전히 무너졌습니다.

술을 끊는다고 과연 돈 문제가 해결될까요?

이미 망가진 커리어는 복구할 수 없다는 생각 때문에 절망적입니다.

제가 정확히 같은 상태였습니다. 알코올 의존증의 마지막 시기에는 라면이나 겨우 사 먹을 수 있을 정도의 돈만 간신히 벌고 있었습니다. 20대 내내 일하긴 했지만 다달이 나가는 고정 지출과 술값 때문에 모아 둔 돈이 없었고, 방황을 심하게 해서 이일 저 일을 전전한 탓에 전문 분야도 딱히 없었습니다. 말하자면 저는 '제로 베이스' 상태였던 것이죠.

의식의 변화와 함께 술을 끊긴 했지만, 그때부터는 현실 문제가 고개를 들기 시작했습니다. 그동안 열심히 외면했던 재정 문제를 당장 해결해야만 했죠. 한편 놀랍게도 이런 생각도 들었습니다.

'어차피 지금보다 최악이기도 힘들 텐데, 겁낼 게 뭐가 있을까? 그래. 그냥 뭐라도 하고 싶은 걸 해 보자.'

지금 와서 생각해 보면, 잃을 것이 없어서 겁도 없었던 것 같습니다.

내가 정말 하고 싶은 게 뭔지 생각했습니다. 일단 1년 정도 쉬던 '멘탈 코치' 일을 다시 시작하고 싶었습니다. 막연하지만 늘 '누군가의 삶을 변화시키는 데 도움이 되고 싶다'고 생각하며 살아왔고, 제가 가진 별것 없는 능력 중 하나인 말솜씨를 발휘하기에 좋은 직업이라고 생각했기 때문입니다. 체계 없이 중구난방으로 끄적이던 글도 본격적으로 쓰고 싶었습니다. 술을 끊기 전부터 이미 술을 끊었다는 가정으로 쓰던 글이 있었는데, 정말로 금주에 성공했으니 이 내용을 책으로 엮어 보면 어떨까하고 생각했던 거죠. 이렇게 멘탈 코치와 작가, 두 가지의 꿈을 품고 조금씩 움직이기 시작했습니다.

어차피 돈이 없는 것은 똑같으니 굳이 정규직으로 취직을 하고 싶지는 않았습니다. 아니, 취직해 원하지 않는 일을 시작하는 순간 저는 다시 술잔을 손에 쥘 것이 분명했기 때문에, 당장 돈이 되지 않더라도 제가 원하는 일에만 집중하기로 했습니다. 프리랜서 영상 편집가로 근근이 수익을 올리면서, 술을 끊어서 남아도는 시간 동안 연구와 집필을 했습니다.

그러다 제가 쓰는 글과 연구 내용을 1:1 코칭이 아니라 다수의 사람에게 알리고 싶어졌습니다. 강연 활동을 생각하다가 초기 자본 없이도 당장 시작할 수 있는 유튜브를 떠올리게 됐습니다. 하지만 막상 시작하려니 알아야 할 것도, 준비해야 할 것도 참 많더군요. 알코올 의존증 환자였던 게 뭐 자랑이라고 얼굴 내밀고 영상을 만드나 싶기도 했고, 무엇보다 저는 고도 적응형 알코올 의존증 환자였기에 제 중독 사실을 모르던 가족이나 주변 사람들이 충격과 상처를 받지는 않을까 싶어 주저하게 됐습니다.

하지만 그런 생각 자체가 삶을 변화시키고 싶어 하는 제 마음에 제동을 거는 '잘못된 무의식적 신념'이라는 것을 깨닫고, 그냥 쉽게 시작해 보기로 했습니다. 1080픽셀조차 지원하지 않는 구식 휴대 전화와 싸구려 삼각대 하나를 가지고 유튜브 영상을 찍었습니다. 그 흔한 조명 기구 하나 없이요. 저는 지금도 저화질의 첫 영상을 클릭하지 못합니다. 너무 창피해서요. 하지만 그 '창피한' 첫 영상을 시작으로 꾸준히 영상을 올리자 채널 구독자 수가 늘고, (아마도) 국내 첫 여성 알코올 의존증 환자 채널로서 반응이 오기 시작했습니다. 제 영상과 블로그 글을 본 출판사로부터 출간 제안 메일을 받은 날은 그저 얼떨떨하기만 했습니다.

'내가 작가가 된다고? 평생 술독에만 빠져있던 내가?'

믿기 힘든 변화는 국내 최고의 강연 프로그램인 〈세바시(세상을 바꾸는 시간 15분)〉 출연 제의로 이어졌습니다.

제 경험이 특별하고 몇 없는 케이스라고 생각한다면 절대 그렇지 않다고 말씀드리고 싶습니다. 저 역시 어려움을 극복하고 특별한 삶을 사는 소수의 사람을 볼 때마다 '저 사람들은 애초에 어려움을 극복할 만큼의 의지나 능력을 타고난 거지, 아무나 저렇게 되는 건 아니야'라고 생각했습니다. 방송인 유재석 씨와 가수 이적 씨가 '말하는 대로'라는 노래를 발매했을 때 속으로 얼마나 코웃음을 쳤는지 모릅니다. '말하는 대로 되고, 생각한 대로 된다고? 그건 당신들처럼 처음부터 똑똑하고 잘난 사람이나 가능한 얘기겠지'라고요. 이 정도면 제가 얼마나 꼬여 있던 사람인지 아시겠지요?

저는 특별한 케이스가 아닙니다. 어떤 능력이 저에게는 전혀 없다고 믿었다가, 사실 제게도 있다는 것을 기억해 냈을 뿐입니다. 별다른 것이 아니라 그저 인간이라면 누구나 가진 기본적인 능력입니다. '자기가 정말로 원하는 것이 무엇인지 생각하고 그걸 행동으로 옮기는 용기'요. 물론 그게 어려우니 내가 이러고 사는 거 아니냐고 말할 테지요. 맞아요. 저도 처음에는 용기 내기가 어려웠습니다. 그런 점에서 전부 다 잃고 바닥까지 떨어진 경험은 확실히 도움이 됐습니다. 잃을 게 없어서 용기를 내기도 쉬웠으니까요.

저처럼 다 잃어 보라고 말씀드리는 것은 아닙니다. 단지 전부 다 잃었을 때 낼 수 있는 용기는 지금 당장도 낼 수 있다고 말씀드리고 싶었습니다. '잃을 것이 많아진' 지금의 저는 주저앉고 싶은 순간이 생길 때마다 한껏 용감했던 그때의 저를 떠올립니다. 그 용기는 어디서 주어지는 것도 아니고, 억지로 쥐어짤 필요도 없이 항상 내 안에 있다는 것을요.

용기 내서 하고 싶은 일을 하세요. 절대로 돈 때문에 하기 싫은 일을 하지 마세요. 다시 술에 손대게 만들지도 모를 스트레스 받는 일은 과감하게 거절하세요. 커리어는 하고 싶은 일에서 재미를 느끼다 보면 자연스럽게 쌓이는 것이니 아등바등할 필요도 없습니다. 커리어와 마찬가지로, 돈도 결국 내가 느끼는 재미의 크기에 따라 자연스럽게 따라옵니다.

한 가지 조언을 드리자면, 여러분이 겪은 일을 있는 그대로 드러내는 방식으로도 하고 싶은 일을 구상하거나 아이디어를 내보기 바랍니다. 예전과 다르게 현대 사회는 자신의 치부를 솔직하게 드러내고 변화하거나 성장하는 모습을 보여 주는 사람을 응원하고 지지하는 분위기가 됐습니다.

잘난 척, 예쁜 척, 똑똑한 척하는 사람보다 '나도 당신들과 똑같이 아픔 하나쯤 있는 평범한 사람이야'라고 드러내는 사람이 더 매력적으로 느껴집니다. 저 역시 유튜브를 시작할 때 했던 우려와 달리 경험을 솔직하게 말할수록 더 많은 지지와 응원, 그리고 사랑을 받게 됐습니다. 그러니 여러분의 중독 경험을 진술하게 나누고, 누군가에게 도움을 주고 싶다는 마음으로 용기 내 보세요.

실은 겁난다는 이유로 계속 술잔을 붙들고 있는 것이 더 용감한 일입니다. 지금보다 삶이 더 어려워질 걸 알면서도 그렇게 하기로 선택하는 것이니까요. 그 정도 용기가 있다면 하고 싶은 일을 시작할 용기도 당연히 존재합니다.

Q 술 때문에 가족과 인연이 끊어졌습니다.

배우자는 더 이상 연락을 받지 않고 자식들도 만나 주지 않습니다.

어떻게 하면 좋을까요?

생각보다 많은 분이 알코올로 인해 가정을 잃습니다. 그런데 이분들의 문제는 '가족을 잃는 것'이 아닙니다. 진짜 문제는 '자신을 잃는 것'입니다.

그들은 끊임없이 '잃는 것'에만 초점을 맞춥니다. 가족을 잃은 상실감에 온 정신이 집중돼 있습니다. 부정적인 감정에 몰두하면, 우리 몸에서는 격렬한 스트레스 반응이 일어나고 뇌에서는 '비상사태'를 알리는 사이렌이 요란하게 울려 댑니다. 뇌의 기능 중 심사숙고해 장기적인 관점을 갖게 하는 고차원적인 부분은 꺼지고, 순간적이고 단기적인 선택을 하게 만드는 부분이 활성화됩니다. 따라서 점점 더 안절부절못하게 되고, 조바심이 나고, 이성보다는 감정에 의지해 섣부른 판단을 하게 될 가능성이 커집니다. 이게 무엇을 의미하겠습니까? '술 마시기 딱 좋은 상태'가 된다는 뜻입니다. 다시 술에 손을 대고 나 자신을 잃으면, 가족과의 거리는 딱 그만큼 더 멀어질 뿐입니다.

가족과의 관계를 회복하고 싶다면 '상실'이 아니라 '재건'에 집중해야 합니다. 저는 '사람은 자신이 집중하는 것만을 얻는다'는 말을 자주 합니다. 잠자는 시간까지 포함해 하루 24시간 중 가장 많이 집중한 무언가가 그 사람의 앞날을 결정합니다. 상실에 집중하면 잃습니다. 재건에 신경을 써야 자신을 바로 세울 수 있습니다. 자신이 온전해져야 가족도 돌아옵니다. 그러니 지금은 가족에 대한 생각은 잠시 내려놓고 자신의 삶을 일으켜 세울 방법에 날카롭게 집중하길 바랍니다. 순간순간 상실의 고통이 수면 위로 올라올 때마다 '내가 지금 뭐에 집중해야 하지?'라고 스스로에게 물어봅시다. 상대방이 돌아오기를 원한다면, 내가 먼저 자신에게 돌아가는 모습을 보여 줘야 합니다.

Q 연인도 저도 술을 정말 좋아합니다.

술자리에서 만났고, 데이트할 때도 늘 술을 마시고요.

그래서인지 제가 술을 끊으려고 하니 무척 서운해하는 기색이었습니다.

심지어 싸울 때도 있고요. 연인한테 미안해서 술을 못 끊겠어요.

연인을 위하는 것처럼 보이는 질문이지만, 이 질문을 솔직하게 요약하면 '연인 때문에 술을 못 끊겠어요'입니다. 내 행동의 탓을 상대에게 돌리는 것입니다. 누구보다도 외부 요인을 탓하고 살았던 저에게는 아주 익숙한 생각의 패턴입니다. 아무리 술을 끊고 싶어도 회사에서 스트레스를 주니까, 친구들이 전부 술을 좋아해서 함께하지 않으면 외롭고 쓸쓸하니까, 가족들이 날 이해하지 못하니까, 트라우마 때문에 괴로우니까, 나 자신이 혐오스러우니까 술을 마실 수밖에 없다고 생각했습니다. '~때문에 술을 마신다'라는 전형적인 '원인론적 사고'입니다.

원인론적 사고에는 크게 두 가지 문제가 있습니다. 첫 번째, 내 주변 사람을 모두 도덕적으로 문제가 있는 사람으로 만든다는 것입니다. 주변 사람들 때문에 어쩔 수 없이 술을 마신다는 사고방식은 '그들이 나를 알코올 의존증 환자로 만들었다'라고 말하는 것과 다를 바가 없습니다. 가족들이 정말 나의 병에 책임이 있나요? 연인이 정말 나를 알코올 의존증 환자로 만든 것입니까? 누군가 나를 묶어 놓고 억지로 술을 마시게 만들지 않은 이상, 나 외에는 그 누구도 내 중독 증상에 책임이 없습니다. 냉정하게 생각하면 좋겠습니다.

두 번째는 이런 사고방식이 자신을 아무런 선택권이 없고 그저 외부 조건에 휩쓸리며 사는 나약한 존재로 인식하게 한다는 점입니다. 만약 주변 상황과 사람으로 내 모든 행동이 결정되는 거라면 바닷가에 떠다니는 해조류와 다른 점이 없지 않겠습니까? 이것은 전혀 사실이 아닙니다. 여러분은 이미 싫은 것은 선택적으로 배제하고 있지 않나요? 보고 싶지 않은 영상은 보지 않습니다. 만나고 싶지 않은 사람은 만나지 않습니다. 가고 싶지 않은 곳에는 가지 않습니다. 하고 싶지 않은 일은 하지 않습니다. 여러분은 이미 내부 조건, 즉 무의식적 신념에 따라 무언가를 선택하거나 선택하지 않습니다. 외부 조건에만 반응하는 해조류가 아니라는 뜻입니다.

처음 이 사실을 깨달았을 때 저는 큰 충격으로 며칠을 앓아야 했습니다. 살면서 당연하게 해 온 원인론적 사고로 주변 모든 사람을 부도덕한 악한으로 만들었고, 그 누구보다 많은 선택을 하면서도 오로지 술 문제에서만 '나는 아무 선택권이 없다'라고 믿었던 거죠. 나 자신이 편협하고 무지한 존재라는 것을 받아들이기가 쉽지 않았습니다.

하지만 이 깨달음 이후로 저는 심리적인 '자유'를 얻었습니다. 나는 외부적인 조건에 휩쓸리는 사람이 아니라 어떤 상황에서든, 누구와 함께하든 원하는 것을 선택할 수 있는 사람이라는 사실을 알았기 때문입니다. 누구도 여러분에게 원하지 않는 것을 선택하게 만들 수 없습니다.

물론 술 때문에 연인을 잃게 될 수도 있습니다. 질문과 반대되는 경우지만, 저 역시 비슷한 경험이 있습니다. 함께 술을 잘마셔 주지 않는 연인에게 지나치게 섭섭해하고 원망하다가 결국 헤어지게 된 것입니다. 지금의 제 입장에서는, 헤어지게 될까 봐 겁나서 같이 술을 마시는 대신 이별을 택한 그가 정말 지혜로웠다고 생각합니다. 상대가 스스로를 위한 노력을 할 때 화를 낸다면 정신적 성숙도에 문제가 큰 상태입니다. 이기적이고, 자만하고, 어린아이 수준의 전능감에 젖어 모든 사람과 상황이 다 자신을 위해 돌아가야 한다고 믿는 수준입니다. 그런 사람과의 교제가 여러분의 인생에 과연 어떤 결과를 남기게 될지 곰곰이 생각해 보는 시간을 가지면 좋은 답을 얻게 될 겁니다.

Q 제 주변 사람들은 전부 술을 마십니다.
술을 끊으면 혼자가 되는 게 아닐까 싶어 두렵습니다.

··· Answer

결론부터 솔직하게 말씀드리자면, 철저하게 혼자가 될 수도 있습니다. 저도 술을 끊었을 때 곧장 혼자가 됐거든요.

제 주변 사람들 역시 모두 술을 마셨는데, 사실은 술 마시지 않는 사람들은 제가 먼저 피했다는 표현이 더 정확하겠네요. '중독자'의 정체성으로 살아가던 때에는 술을 마시지 않는 사람은 재미도, 진지한 면도 없다고 생각했습니다. 제게 있어 '술을 마시지 않는다'는 곧 '진솔하지 않고 표면적인 만남만 추구한다'였기 때문입니다. 소위 '밥 먹고 카페 가는 사람들'은 가면을 쓰고 인간관계를 맺는, '척'하는 사람들이라고 추측했습니다. 술을 안 마시니 속 애기 같은 건 당연히 안 할 거라고요.

그래서 술이 없는 만남은 이런저런 핑계를 대며 멀리 했습니다. 아파서, 바빠서, 급한 일이 생겨서……. 결국 제 곁에는 술 마시는 지인들만 남았습니다. 그 와중에 제가 술을 끊게 된 거죠.

몇 안 남은 '술 지인'들로부터 만나자는 연락이 왔을 때, "나 술 끊었는데 그래도 괜찮으면 만나자"라고 대답했습니다. "왜 술을 끊었냐", "네가 술을 끊으면 어떡하냐", "뭐가 문제냐"와 같은 반응이 돌아왔죠. 처음 한두 번은 만나 주던 지인들도 술 안 마시는 제가 재미없고 어색했는지 연락이 점점 뜸해지더니 이윽고 완전히 끊겼습니다. 먼저 연락해서 잘 지내냐고 물어도 그 이상의 대화가 오가는 일은 없었습니다. 그렇게 저는 대부분의 인연을 잃었습니다.

생각해 보면 그들도 알코올 의존증 환자일 때의 저와 비슷한 편견을 가졌던 게 아닐까 합니다. 숱하게 들었던, "네가 술을 끊으면 이제 재미없어서 어떡하냐"라는 말이 그 편견을 가장 잘 드러낸다고 생각합니다. 결국 저는 제 행동과 똑같은 방식으로 그들에게서 '잘려 나간' 것입니다. 그동안 음주 여부 하나를 기준으로 사람들을 제멋대로 평가하고 판단한 저의 무지와 미성숙함을 한 번 더 뼈저리게 느끼고 통렬히 후회해야 했습니다.

그 뒤로 한동안은 다소 고독한 시간을 보내야 했지만, 앞서 이야기한 것처럼 제 인생에서 훨씬 중요한 문제를 생각하고, 내면을 바로 세우는 데 집중하면서 시간을 채워 나갔습니다. 사실 유튜브와 집필을 본격적으로 시작한 이후로는 매일 너무 바빠서 외로울 시간도 없었습니다. 하루를 온전히 나를 위해 쓰고 나면 어느덧 늦은 밤이 찾아왔고, 자고 일어나면 다시 바쁜 하루가 시작됐죠. 충실히 시간을 보낸 덕분에 사람들을 만나지 않아도 생각보다 힘들지 않았습니다.

신기한 것은 제가 변화하기 시작하자 과거의 인연 중에서 다시 연결되는 사람이 생겼다는 것입니다. 자연스럽게 대화할 기회가 생긴다든지, 함께하는 일이 생긴다든지 하는 방식으로 '서로를 다시 보게' 됐습니다. 몇 차례 진술한 대화를 나누고 만남을 이어가며 우리는 서로 진심 어린 내면의 이야기를 공유했고, 사회에서 만났지만 그 누구보다 돈독한 관계로 발전했습니다. 그동안 술 취해서 나누던 대부분의 대화가 제 생각만큼 진술하지는 않았다는 것도 깨달았습니다. 내면의 감정이 아니라

푸념과 불만을 꺼냈을 뿐이라는 것을요.

혼자가 되어 느끼는 고독과 외로움의 산을 넘어 저는 또 한 번 성장할 수 있었습니다. 술을 끊고 겪는 고독과 외로움은 어쩌면 단주 후 걷게 되는 성숙의 길에서 필연적으로 만나게 되는 요소가 아닌가 합니다. 처음에는 혼자가 되지만, 영원히 혼자이지는 않습니다. 오히려 더 진실된 자신을 만나고, 더 나은 관계를 맺을 수 있게 됩니다. 그러니 '혼자가 될 용기'를 내보길 바랍니다.

Q 저는 그렇게 술을 많이 마시지는 않는 것 같아요.
주로 도수가 낮은 맥주를 마시고요. 그래도 끊어야 되나요?

··· Answer

저는 의사가 아니기 때문에 누군가를 알코올 의존증이라고 진단하거나 어떤 지침을 따르라고 알려 드릴 수는 없습니다. 다만 질문 속에 답이 있다는 사실은 알려 드릴 수 있습니다. 앞서 말했듯, 어떤 술을 마시든, 얼마나 자주 마시든 그게 전혀 문제가 안 된다고 진심으로 생각하는 사람은 술을 끊어야 하는지 말아야 하는지에 대해 질문조차 하지 않습니다. 오로지 스스로 '문제인 것 같다'라고 생각하는 사람만이 묻거나 자신은 괜찮다며 화를 냅니다. 스스로 문제가 있다고 생각하는데 빈도와 도수가 중요한가요? 어떤 것이 문제일지도 모른다고 생각한다면, 답은 '해결해야 한다'입니다.

Q 무알코올 음료는 마셔도 되나요?

··· Answer

마찬가지로 질문 속에 답이 있습니다. 바꿔 말하면 '무알코올 맥주를 마셔서라도 술 마시는 기분을 느끼고 싶다'는 것인데, 그 정도로 술을 원하는 상태라면 마시지 않는 편이 좋겠지요. 다른 중요한 것에 집중하시기 바랍니다.

Q 술을 끊고 나니 식욕이 폭발해서 살이 너무 많이 찌고 있습니다. 식욕도 금단 현상 중 하나인가요? 대체 금단 현상은 언제 끝나나요?

어떤 면에서는 금단 현상이라고도 말할 수 있고, 아닐 수도 있습니다. 두 가지 측면에서 말씀드리겠습니다.

첫 번째로 신체적 측면에서 단주 후의 식욕 폭발은 굉장히 자연스러운 일입니다. 술을 해독하는 기관인 간은 하는 일이 참 많습니다. 아마 우리 몸의 장기 중 가장 바쁜 친구가 아닐까 합니다. 그런데 몸에 술이 들어오면 열 일 다 제쳐 놓고 알코올 해독에 '올인'합니다. 그만큼 알코올이 심각한 독극물이기 때문입니다. 빨리 처리해서 내보내지 않으면 인체가 심각하게 훼손되기 때문에, 다른 모든 일을 포기하고서라도 알코올부터 분해하는 것이라고 생각하시면 됩니다.

간은 총 두 번의 해독 과정을 거쳐 독소를 몸 밖으로 배출하는데, 이때 다양한 종류의 비타민과 미네랄이 해독 재료로 쓰입니다. 이 말은 우리가 술을 마실 때마다 엄청난 양의 영양소를 필요로 한다는 뜻입니다. 따라서 오랫동안 술을 마시면 만성적으로 영양 부족 상태가 되고, 우리 몸은 심각하게 병드는 것입니다.

술을 끊고 나면 드디어 간에도 알코올 해독 이외의 일을 할 여력이 생깁니다. 간이 열심히 일하려면 다시 비타민과 미네랄이 필요해지죠. 그러면 우리 몸은 당연히 식욕을 올려 영양분이 잘 공급될 수 있도록 조치합니다. 이것이 술을 끊으면 식욕이 엄청나게 왕성해지는 이유입니다. 이럴 때는 그저 잘 먹는 것이 답입니다. 다만 가공식품이나 당분이 많은 음식처럼 영양은 없고 열량만 높은 음식은 피하세요. 몸은 회복되지 않는데 살만 찌는 상황이 될 수 있습니다.

두 번째는 정신적인 부분인데, 앞서 이야기한 '무의식적 신념'과 연관됩니다. 무의식적으로 '열심히 노력한 뒤에는 보상이 필요하다'와 같은 생각을 해 왔고 그 보상으로 술을 이용해 온 사람이라면, 술 이외의 다른 보상을 필요로 할 수 있습니다.

그럴 때 가장 대체하기 쉬운 것이 바로 음식이지요. '내가 술을 끊었는데 이 정도도 못 해?'라는 생각으로 몸에 나쁜 음식을 마구 먹거나 '아무리 그래도 술 마시는 것보다 낫겠지'라며 폭식하는 경우가 바로 여기에 속합니다.

문제는 이런 식으로 먹다가 몸이 나빠지고 살이 찌면 '이럴 바에야 차라리 술을 먹는 게 낫지' 하면서 다시 알코올에 의존하는 경우가 많다는 것입니다. 어쩌면 폭식을 하면서 다시 술 마실 준비를 하는 것인지도 모릅니다.

결국 답은 하나입니다. 술을 억지로 끊지 마시고, 무의식적 신념부터 점검하세요. 내가 믿어 의심치 않는 생각 중에 나에게 해롭게 작용하는 것을 찾고, 나에게 이로운 방향으로 바꿔야 합니다. 그렇지 않으면 '중독 돌려막기'를 하게 될 수 있습니다. 식욕이 올라오면 좋은 음식으로 잘 챙겨서 포만감 넘치게 먹고, 그 외의 시간은 마음공부에 전념하길 바랍니다.

Q 저 자신이 너무 싫습니다.

스스로가 죽이고 싶을 정도로 미울 때 술을 찾게 되는 것 같아요.

자기혐오와 술은 무슨 관계인가요?

어떻게 해야 자기혐오를 멈출 수 있을까요?

자기혐오가 일어나는 이유는 '나는 사랑받을 자격이 없다', '나는 미움받아 마땅하다'와 같은 그릇된 신념이 무의식에 깔려 있기 때문입니다. 대체 왜 이런 쓸모없는 생각이 우리의 의식 밑바탕에 깔려 우리를 괴롭히는 것일까요?

보통은 양육자나 자라 온 환경 속에서 암시를 반복하며 그릇된 신념이 세팅됩니다. 주변 성인들의 직·간접적 언행을 통해 어린아이는 '자아 이미지'를 만듭니다. '나는 혐오스러운 존재다'라는 생각을 처음부터 가지고 태어나는 사람은 없습니다.

문제는 어른의 언행을 통해 학습된 이러한 생각이 성인이 돼서도 지속된다는 것입니다. 여전히 스스로가 사랑받을 자격이 없다고 믿기 때문에 그 믿음을 증명할 만한 행동을 자꾸 하게 됩니다. 대표적인 것이 과음 또는 폭식과 같은 자기파괴 행동입니다. 자신을 가스라이팅 하거나 학대하는 사람과의 관계를 끊지 못한다거나, 아무하고나 성적인 관계를 맺는다거나, 끊임없이 남에게만 맞춰서 행동하는 등 자기혐오 행동을 통해 자아 이미지를 확인하고 강화합니다.

자기혐오를 멈추기 위해서는 '비이원성'을 이해해야 합니다. 세상 대부분의 존재는 두 가지가 짝을 이루고 있습니다. 대표적인 것이 '음과 양', '빛과 어둠' 같은 것이죠. '빛'이라는 개념이 성립하려면 반드시 '어둠'이라는 개념이 함께 존재해야 합니다. 어둠 없이는 빛을 구분하지 못하니까요. 그런데 재미있게도 인간은 상호보완적으로 서로를 위해 존재하는 것들을 철저하게 대립시키고 '좋고 나쁨' 혹은 '우와 열'로 판단하려고 합니다. 이는 마치 동전을 두고 '앞면이 좋은 것이다' 또는 '뒷면이 좋은 것이다'라고 말하는 것만큼이나 우스운 일입니다. 앞면이나 뒷면이 없는 동전이 성립할 수 있을까요? 둘 다 있어야 '동전'이라는 온전한 하나의 물체가 성립합니다. 이렇게 둘로 나뉘어진 것(이원성)은 결국 둘이 아니라 하나라는 것이 '비이원성(둘이 아니다)'이라는 개념입니다.

비이원성의 측면에서 자기혐오를 바라봅시다. '자기혐오'라는 개념이 성립할 수 있으려면 그 상대성의 끝에 '자기사랑'이 존재해야 합니다. 자기사랑이 없으면 자기혐오도 존재할 수 없습니다. 반대로 자기혐오가 있기 때문에 우리는 자기사랑도 깨달을 수 있습니다. 그러니 자기혐오를 할 때마다 '그런 내가 나쁘다' 등으로 판단하지 말고, 진정한 자기사랑을 일깨우기 위해 거쳐야 하는 과정으로 바라보세요. 여러분이 자기혐오로 괴로워하고 있다면, 바로 그 감각이 여러분이 사랑을 찾아가고 있다는 증거입니다.

이 사실을 이해했다면 혐오에 매몰됐던 내 의식을 건져서 작고 사소한 자기사랑 실천에 집중하는 연습을 하세요. 관성적으로 혐오 행동으로 돌아가더라도, 그것은 말 그대로 관성일 뿐입니다. 좌절하지 말고 의식을 건져 다시 작은 사랑을 실천하기를 반복하세요. 우리의 뇌는 가르치는 대로 배울 줄 아는 놀라운 기관입니다. 반복하면 반복할수록 점점 더 잘 이해하고,

쉽게 실천합니다.

자기혐오를 극복하는 또 하나의 방법으로, 저는 '자기 자신에게 좋은 부모 되기'를 권합니다. 앞서 말한 대로 어른, 특히 양육자의 행동으로 우리의 '자아 이미지'가 만들어졌습니다. 그것을 꼭 생물학적인 부모나 타인이 해 줄 필요는 없습니다. 인간에게는 생각을 '생각'하는 능력, 즉 '메타인지'가 있기 때문에 상위의 인지로 자신의 생각을 바라보고 수정할 능력이 있기 때문입니다. 따라서 우리가 스스로 '좋은 부모가 아이에게 해 줄 만한 행동'을 함으로써 잘못된 자아 이미지를 바로잡을 수 있습니다.

파괴적인 생각이 들 때마다 메타인지를 이용해 '좋은 부모'의 목소리를 자신에게 들려주세요. 자신은 사랑받을 자격이 없다며 울고 있는 내면의 아이를 다정하게 감싸고, 되도록 자주 내가 어린 시절 부모에게서 받고 싶었던 대로 '대접'해 주면 됩니다.

'이런 상황에서 부모님이 내게 무슨 행동을 해 줬으면 좋았을까?'

'부모님에게 듣고 싶었던 말은 뭐지?'

스스로에게 물어보세요. 저는 다정한 말을 많이 듣고 싶었고, 이해받고 싶은 마음도 컸기 때문에 스스로에게 가능한 한 자주 말했습니다.

"얼마나 힘들었니. 그동안 이해해 주지 못해서 미안해."

특히 명상 속에서 스스로를 자주 끌어안아 줬습니다.

여러분이 진정한 자기사랑의 빛을 찾게 된다면 그 소름돋도록 좋은 소식을 제게도 전해 주세요. 더할 나위 없는 영광이겠습니다.

Q 술을 안 마신다고 세상이 바뀌나요?

・・・ Answer

네. 아주 다른 세상이 펼쳐집니다.

물론 이것도 어디까지나 무의식적 사고방식이 올바르게 바뀌어, 술을 억지로 참는 게 아니라 자연스럽게 끊게 된 경우에만 해당됩니다.

어찌저찌 술은 끊었지만 여전히 부정적이고 비뚤어진 방식으로만 생각한다면 오히려 단주 생활은 생지옥이 될 수도 있습니다. 술이 있든 없든 지금과 다른 세상을 경험하고 싶다면 무의식의 세계를 바로잡아야 합니다.

결과에서 생각하라

'결과에서 생각하라(Think from it).'

세계 최고의 형이상학자 네빌 고다드(Neville Goddard)의 말입니다.

그는 '원하는 것'을 생각하지 말고 이미 그것이 모두 이루어진 것처럼, 그 결과 '속에서' 살라고 가르쳤습니다. 서문에서 말씀드렸듯 저는 이 글을 최악의 고통을 겪는 중에 이미 술을 끊었다고 가정하며 회상 형식으로 쓰기 시작했습니다. 저는 이렇게 결과를 예상하고, 미래 시점에서 회상해 쓰는 글을 '자기실현 글쓰기'라고 부릅니다.

저는 이 상상을 이용한 글쓰기를 통해 술을 끊은 것은 물론 알코올 의존증만큼 지독했던 식이 장애, 중증 우울증 등 정신적인 문제들을 극복하는 데 도움을 받았고, 무일푼의 신세에서 성공의 길로 들어섰습니다. 이 글쓰기는 상상과 현실을 구분하지 못하는 뇌의 특성을 활용한 과학적인 방법이기도 합니다.

여러분의 고통을 단순히 '알코올 의존증'처럼 단일한 진단명으로 모두 표현할 수는 없을 겁니다. 모든 중독 현상은 '마음의 문제'에서 출발한 결과물이며, 그렇기에 술을 마시지 않는다고 해결되는 문제도 아니기 때문입니다. 그러니 두려운 마음이 앞서더라도 여러분의 마음에 어떤 문제가 있는지부터 직면할 용기를 냈으면 합니다. 진짜 문제가 무엇인지 알아야 그 문제가 해결된 미래도 상상할 수 있으니까요. 해결의 전제 조건은 '문제'입니다.

예를 들어 어린 시절에 겪었던 가정불화가 마음에 남아 문제를 일으킨다면, 그 모든 상처를 극복한 자기 자신의 당당하고 멋진 모습을 그려 보세요. 재정적 문제로 고통받고 있다면 모든 돈 문제를 극복한 결과 속에서 살아가는 자신을 구체적으로 그리고 진짜처럼 경험해 보세요. 다소 망상 같고 허황돼 보이지만, 조 디스펜자(Joe Dispenza) 박사가 저서 《당신도 초자연적이 될 수 있다》에서 양자물리학 분야를 활용해 주장한 효과입니다.

원하는 결과를 끊임없이 현실로 가지고 오면서, 저는 15년 동안 마셨던 술을 끊었습니다. 또한 4년 만에 꿈에 그리던 따뜻한 집에서 살며, 평생 꿈꾸던 일을 하고, 다정하고 자비로운 남편, 예쁜 아들과 제 인생에는 절대 없을 것 같았던 따뜻한 가정을 꾸렸습니다. 이 4년의 시간 속에서 저는 매일 생각했습니다.

'내가 증거가 될 거야. 아무리 죽음에 가깝고 불행한 사람이라도 원하기만 하면 행복해질 수 있다는 증거.'

제가 끊임없이 글을 쓰고, 영상을 만들고, 연구소를 운영하고, 강의하는 것은 여러분도 그 증거가 되길 바라는 소망 때문입니다.

저의 글과 삶이 여러분에게 강력한 희망의 불씨가 될 수 있기를 간절히 기도하며, 모든 것을 극복하고 이룬 '결과' 속에서 여러분을 기다리고 있겠습니다.

키슬 드림

어리고 멀쩡한 중독자들

초판 1쇄 인쇄 2022년 12월 1일
초판 1쇄 발행 2022년 12월 20일

지은이   키슬
펴낸이   허대우

에이전시   비아캔버스
기획 편집   이정은
디자인   도미솔
영업·마케팅   김은석, 김정훈, 안보람, 양아람
경영지원   곽차영, 정지원

펴낸곳   ㈜좋은생각사람들
주소   서울시 마포구 월드컵북로22 영준빌딩 2층
이메일   jelee@positive.co.kr
출판등록   2004년 8월 4일 제2004-000184호

ISBN 979-11-87033-91-2 (03810)